Désir du désert

LELA MAY WIGHT

Désir du désert

Traduction française de
ISABELLE DONNADIEU

AZUR

HARLEQUIN

Collection : Azur

Titre original :
HIS DESERT BRIDE BY DEMAND

HARPERCOLLINS FRANCE
83-85, boulevard Vincent-Auriol, 75646 PARIS CEDEX 13
Service Lectrices — Tél. : 01 45 82 47 47 - www.harlequin.fr
ISBN 978-2-2804-8748-1 — ISSN 0993-4448

Composé et édité par HarperCollins France.
Imprimé en avril 2023 par CPI Black Print (Barcelone)
en utilisant 100% d'électricité renouvelable.
Dépôt légal : mai 2023.

MIXTE
Papier issu de sources responsables
FSC® C159065

Pour limiter l'empreinte environnementale de ses livres, HarperCollins France s'engage à n'utiliser que du papier fabriqué à partir de bois provenant de forêts gérées durablement et de manière responsable.

Prologue

Le salaud était mort.

D'un geste rageur, Akeem chiffonna le rapport et le jeta au sol avant de baisser les yeux vers le tapis de soie où gisait maintenant le résumé de la vie de Damien Hegarty, une vie misérable qui se réduisait à quelques paragraphes à peine.

Il aurait dû ressentir du soulagement, cet homme qui l'avait traité de monstre était mort. Pourtant, il n'en éprouvait aucun. Impossible, elle allait tout perdre.

Akeem Abd al-Uzza, prince héritier de Taliedaa, baissa à nouveau les yeux vers le rapport froissé et son cœur explosa dans son torse. Elle était là… Charlotte.

Il ramassa une feuille et, d'un doigt, traça la silhouette de la femme sur la photo. Il se souvenait de tout, de chaque détail de sa peau laiteuse, de chaque petite imperfection. Et, surtout, il se souvenait de sa gentillesse.

Elle l'avait ensorcelé avec celle-ci.

— Gentillesse, gentillesse… Et puis quoi encore !

Las, il passa une main dans ses cheveux. Un seul coup d'œil sur la photo et le désir l'envahissait déjà, réveillant des souvenirs enfouis depuis longtemps.

Il repensa à ses grains de beauté, au-dessus de son sein droit, qu'il avait longuement embrassés avant de prendre son mamelon dans sa bouche et de le sucer jusqu'à ce qu'elle crie son nom tandis que ses mains exploraient son corps pour la première et dernière fois. Peu après, elle l'avait en effet jeté comme un malpropre.

Il se leva et se dirigea vers la fenêtre qui dominait la ville ancienne en contrebas.

Cette ville qui serait bientôt à lui.

Non, elle était déjà à lui. Lui, l'orphelin héritier oublié dirigeait aujourd'hui le royaume depuis son palais perché. Alors pourquoi ne pouvait-il pas laisser le passé en paix ? Pourquoi ne pouvait-il pas laisser Charlotte Hegarty tranquille ?

Parce qu'elle l'avait blessé, tout simplement.

Elle avait tué l'innocence en lui et pourtant, presque dix ans plus tard, il la désirait toujours. Sauvagement.

Dans deux semaines, il serait officiellement proclamé roi. Il lui restait donc quelques jours de liberté avant que le poids du devoir et de la couronne ne le tienne fermement loin du passé, loin d'elle, loin de son envie de lui balancer au visage tout son ressentiment.

L'homme, et non le roi, avait encore la possibilité de se venger et il n'allait certainement pas s'en priver.

1.

Charlotte Hegarty ouvrit la main, laissa tomber une poignée de terre humide sur le cercueil de son père et ressentit… Rien. Aucune émotion. Elle se sentait juste engourdie, vide.

Ses ballerines s'enfonçant dans l'herbe, elle se retourna et balaya le cimetière du regard. À part le vicaire qui l'accompagnait, il était désert. Personne n'avait pris la peine de se déplacer pour son père, pas même ses compagnons de beuverie, ces amis qui ne manquaient pourtant jamais d'être présents lorsque l'alcool coulait à flots.

Elle fit un pas, puis un autre et, peu à peu, s'éloigna de la tombe et surtout du passé, de ces rêves qu'elle avait abandonnés pour lui. À chaque fois qu'elle avait voulu poursuivre l'un de ses rêves, son père l'avait rabaissée, lui préférant toujours la bouteille. Et cette dernière avait fini par gagner. L'alcool l'avait emporté.

Elle approcha du pub miteux dont le patron avait accepté de lui prêter l'arrière-salle gratuitement pour une veillée funèbre.

Encore quelques heures et tout serait terminé.

D'un pas lourd, elle poussa la porte en bois et se figea net, sous le choc, interdite. Elle venait de voir un fantôme.

— Akeem… C'est bien toi ?

— En chair et en os, Charlotte, confirma-t-il en s'adossant contre le bar.

Ses yeux s'arrêtèrent sur sa bouche, sur ces lèvres brunes et pleines qui faisait sonner faux chaque syllabe de son prénom, exactement comme neuf ans plus tôt, lorsqu'il lui avait rappelé qui elle était, Charlotte Hegarty, une femme qui ne méritait pas l'amour, la fille d'un alcoolique vivant dans le quartier le plus dur de Londres, menant une vie de misère et ne ressemblant en rien à une jeune fille ordinaire de seize ans.

L'amertume l'envahit, lui faisant l'effet d'un coup de couteau en plein cœur.

Il n'avait aucune raison d'être ici et, pourtant, il se tenait bel et bien devant elle. Pourquoi ?

Rassemblant son courage, elle riva son regard au sien. La vie était ironique. Akeem faisait son retour le jour même où il n'avait plus d'adversaire à combattre.

— Pourquoi es-tu là ?

Elle lui posait cette question qui l'avait si souvent empêchée de fermer l'œil, ces dernières années. Dans ses rêves, Akeem l'implorait toujours de lui pardonner et elle répondait avec une totale indifférence avant de le renvoyer chez lui. Mais jamais elle n'avait imaginé que ce jour arriverait, et certainement pas aujourd'hui.

— Je suis ici pour te présenter mes condoléances, répondit-il enfin.

Ses condoléances ? La colère la gagna, et elle serra les poings.

— Je vois que tu continues à mentir.

Neuf ans plus tôt, il avait menti pour la mettre dans son lit avant de l'abandonner sans même lui donner d'explication.

Il s'écarta du bar patiné par le temps et se rapprocha d'elle, le regard sérieux mais un sourire aux lèvres, ses dents blanches étincelant sous sa courte barbe noire.

— Je ne t'ai jamais menti.

Vraiment ? Il lui avait pourtant fait des promesses d'éternité et les avait rompues. Il n'était jamais revenu, et ce mensonge l'avait brisée.

— Si cette illusion te permet de trouver le sommeil, tant mieux, rétorqua-t-elle, heureuse d'être capable de garder son calme.

— Le sommeil est bon pour les morts.

Elle le regarda faire quelques pas et, sous le charme, retint son souffle. Il était si beau, avec ses cheveux épais coiffés sur le côté et son corps de Dieu grec moulé dans son costume sur mesure.

— Je suis bien vivant et je ne dors jamais.

Il s'arrêta à quelques centimètres d'elle. Aussitôt, une sensation de chaleur empourpra ses joues, avant de s'étendre à toute sa poitrine. Elle aurait aimé pouvoir maîtriser son corps malheureusement, elle ne parvenait pas à le contrôler, et cette réaction la terrifiait. Akeem était capable de lui couper le souffle simplement en se trouvant dans la même pièce qu'elle.

Prête à se défendre, elle planta fermement ses pieds sur le sol. Cela faisait neuf longues années qu'elle se préparait à cette confrontation, et le moment était enfin arrivé.

Son moment.

— Fuir les démons qui hantent ton lit doit être épuisant.

Ses lèvres sensuelles esquissèrent un semblant de sourire tandis qu'il se penchait vers elle jusqu'à ne plus être qu'à quelques millimètres de sa bouche.

— Mon endurance n'est pas un problème, murmura-t-il d'un ton malicieux.

Elle ferma les yeux et se força à garder son calme. Elle savait ce qu'il faisait. Il cherchait à la tourmenter, à lui rappeler qu'elle avait partagé son lit, autrefois.

— Tu n'es pas le bienvenu ici. Mon père n'aurait voulu ni de ta présence, ni de tes condoléances.

— Mes condoléances sont pour toi, pas pour lui.

— Je suis surprise que tu penses à moi, répliqua-t-elle, se préparant à prononcer ce mensonge qu'elle s'était répété encore et encore au fil des années. Personnellement, je ne pense jamais à toi.

Si elle n'avait ressenti aucune émotion au cimetière, ce n'était pas le cas maintenant. Elle avait l'impression de ne plus être une femme de vingt-cinq ans mais à nouveau une jeune fille de seize ans, complètement perdue.

Pour toute réponse, il ouvrit le bouton du haut de sa chemise, révélant une gorge bronzée, palpitante, et la regarda quelques secondes de plus, ses yeux cherchant les siens.

Comme si elle était aimantée, elle réduit sans réfléchir la distance entre eux. Elle ne s'attendait pas à la réaction primitive de son corps devant lui. Il l'ensorcelait, comme autrefois.

Hors de question cependant de le lui montrer. Sa coquille ne craquerait pas, même si ses entrailles étaient en train de fondre.

— Je pense souvent à toi, *qalbi*, répondit-il enfin d'une voix douce qui lui fit l'effet d'une caresse. Je pense à la vie que tu as choisie, à cette existence pitoyable qui est la tienne.

D'accord sa vie était misérable, mais tout de même.

— Tu n'as pas le droit de juger ma vie.

— Tu aurais pu devenir quelqu'un, Charlotte. Au lieu de cela, tu as continué à t'occuper d'un homme qui te rabaissait à chaque occasion.

— Je n'ai que vingt-cinq ans, j'ai toute la vie devant moi.

Il avait cependant raison sur un point, elle était seule et elle ne possédait rien.

— Dis-moi que ce n'est pas vrai et que tu as de nombreux projets, maintenant que tu es libre. Dis-moi que tu dessines toujours.

Émue, elle retint son souffle.

Il se souvenait de sa passion ? Cette passion qui avait été son échappatoire mais à laquelle elle avait dû renoncer à cause de son père. Selon ce dernier, elle perdait son temps à dessiner alors qu'elle aurait dû s'occuper de lui. Au fil des années, par ses mots, il avait brisé tous ses rêves. Et elle l'avait laissé faire parce qu'il l'avait convaincue qu'elle était égoïste quand elle dessinait. Comment pouvait-elle prendre du temps pour elle alors que son père avait besoin de son aide pour survivre ? Comment pouvait-elle poursuivre son rêve insensé de devenir portraitiste alors que sa vie était si difficile ?

— Poursuis-tu toujours tes rêves ? insista Akeem.

Vivre de son art était son rêve. Malheureusement, elle avait laissé cet objectif s'envoler, comme s'il n'avait jamais existé. Sans protester, elle avait laissé son père la priver de sa passion. À quoi cela aurait-il servi de s'y accrocher ?

Elle se concentra sur le visage de l'homme devant elle, un homme venu lui rappeler son passé et sa passion.

— À moins que tu n'aies passé ces dernières années à remplir de thé des bouteilles de whisky vides pour tenter de tromper ton ivrogne de père. As-tu gâché ta vie, *qalbi*, à essayer de sauver un homme qui ne voulait pas l'être ?

Tout en parlant, il leva la main, approcha ses longs doigts de sa joue et, embarrassée, elle recula. Il était trop proche d'elle. Beaucoup trop proche.

Ses questions la mettaient mal à l'aise parce qu'elle n'avait pas poursuivi ce rêve qu'ils avaient évoqué ensemble, blottis l'un contre l'autre, ce rêve d'être… D'être plus.

L'émotion lui noua la gorge.

Son père avait eu besoin d'elle et de son temps. Il ne s'était pas rendu compte qu'elle le maintenait en vie au prix de sa propre existence, niant qui elle était et ce qu'elle voulait. Il ne s'était pas aperçu qu'elle le précédait à la banque pour retirer leurs allocations avant qu'il ne les dépense en whisky. Il ne l'avait jamais vue se rendre dans les banques alimentaires quand elle était arrivée trop tard à la banque et que son père avait pris l'argent avant elle. Pas une seule fois il ne l'avait remerciée, elle, la fille qui avait enchaîné les petits boulots dès qu'elle avait été en âge de travailler.

Pendant neuf ans, elle n'avait fait que survivre. Sa situation n'avait pas changé depuis le départ d'Akeem.

Mais seulement parce qu'elle n'avait pas eu le choix !

— J'ai juste fait mon devoir. J'ai soutenu mon père comme une fille doit le faire. Il était tout ce qui me restait.

— Il a pris la place que tu l'autorisais à avoir.

— Arrête !

Ce n'était pas ainsi que leurs retrouvailles étaient censées se dérouler. Pourquoi diable n'était-il pas à genoux, en train de la supplier de lui pardonner de l'avoir abandonnée ?

— Es-tu la femme que tu voulais être, Charlotte ?

Neuf ans plus tôt, elle avait osé croire qu'elle pouvait être quelqu'un d'autre, que la vie avait plus à lui offrir qu'un statut d'esclave au service de son père. Malheureusement, en l'abandonnant, Akeem avait réduit en miettes sa confiance en elle. Aujourd'hui, elle n'avait aucune idée de qui elle était ou de ce qu'elle allait faire, mais jamais elle ne le lui avouerait. S'avouer, à elle-même, que sa vie se résumait à s'occuper de son père était déjà suffisamment difficile.

— Arrête et va-t'en.

— Je viens juste d'arriver.

— Je ne t'ai pas demandé de venir.

— Tu préfères pleurer ton père toute seule ? Dans ce pub sordide ?

— Tu n'as aucun droit de me dire comment vivre mon deuil.

— Tu ne devrais ressentir que du soulagement, continua-t-il d'un ton exaspéré avant de reprendre d'une voix plus calme. Je ne suis pas désolé qu'il soit mort mais je suis désolé que tu aies perdu ton père, Charlotte. Je sais que tu l'aimais pour des raisons que je…

— Ce n'est pas le moment !

— Je pense au contraire qu'il n'y a pas meilleur moment pour en discuter.

Elle regarda la chemise blanche et la veste noire qui se tendaient sur ses épaules, laissant deviner le corps musclé qui se trouvait en dessous, ce corps qu'elle avait autrefois convoité avec tant de désir. Puis, se reprenant, elle passa une main lasse sur son visage. Il était temps d'en finir.

— Que veux-tu ?

Il se rapprocha un peu plus.

— Ce que je veux ne compte pas. Par contre, je peux t'offrir ce dont, toi, tu as besoin, Lottie.

— Et de quoi ai-je donc besoin ?

— Tu as besoin de moi.

— De… De toi ?

— Oui, répondit-il de sa voix profonde et fière, de sa voix qui suintait la masculinité. Tu as besoin de moi, Akeem Abd al-Uzza.

— Tu ne t'appelles plus Akeem Ali ?

— Abd al-Uzza est le nom de mon père.

— De ton père ? Mais ta mère…

Elle s'interrompit. Cela n'avait pas d'importance. Sans doute avait-il abandonné son nom tout comme il l'avait abandonnée, elle, comme si elle ne comptait pas.

— Peu importe ton nom, je ne veux pas de toi ici et je n'ai certainement pas besoin de toi.

— Aujourd'hui est le premier jour du reste de ta vie et quelle meilleure façon de commencer cette nouvelle vie que par une nuit de plaisir dans mes bras ?

— Tu… Tu veux coucher avec moi ?

— Je te propose de passer une nuit dans mon lit, une nuit de plaisir extrême.

— Pourquoi ?

— Pour clore un chapitre.

— Clore un chapitre ? répéta-t-elle, incrédule, son cœur battant soudain à toute allure. Tu es venu ici sans être invité pensant que j'accepterais de coucher avec toi une dernière fois pour tourner la page ? Quelle arrogance !

— Mon arrogance doit te plaire, tu rougis.

— Le garçon que j'ai connu autrefois n'était pas arrogant. Il n'exigeait rien.

Comme un boomerang, les souvenirs revinrent à sa mémoire. Le va-et-vient de ses doigts hésitants sur ses hanches nues, la pression de sa bouche derrière son oreille alors qu'il lui chuchotait des mots doux… Son Akeem avait été tendre, attentionné, jamais exigeant. L'Akeem qu'elle avait connu n'avait rien à voir avec l'homme qui se tenait devant elle.

— Je ne suis pas le garçon dont tu te souviens, reprit-il d'une voix envoûtante. Le plaisir que tu vas éprouver dans mes bras sera différent de tout ce que tu as connu avant ou après moi. Il sera bien meilleur.

Il leva une main et appliqua une pression sur les battements frénétiques de sa gorge. Aussitôt, elle serra les poings et rassembla toutes ses forces pour ne pas réagir à son contact. Malheureusement, elle ne pouvait pas rester indifférente, impossible, il était le seul homme qu'elle avait connu. Tout ce qu'elle pouvait faire, c'était regarder, et ressentir ces sensations interdites.

— Dois-je t'embrasser pour que tu te rendes compte de la force de l'attraction qui règne entre nous ?

— Non ! s'écria-t-elle, incapable de respirer ou de penser à autre chose qu'à son corps parfait.

Tous ses sens étaient désormais en éveil. Elle n'avait plus qu'une envie, se noyer dans ses prunelles sombres et succomber sous l'intensité de ses caresses.

Bon sang, quel était son problème ? Elle venait d'enterrer son père, elle croisait Akeem et, en quelques minutes, voilà qu'elle perdait la tête ? Oui, il la troublait, elle voulait bien l'admettre, mais jamais elle n'oublierait de quelle façon il l'avait abandonnée. Jamais elle ne lui pardonnerait.

— Non, répéta-t-elle. Tu n'approcheras pas de mon lit.

— Ce n'est pas dans ton lit que je te veux, c'est dans le mien.

— Peu importe, je ne partagerai aucun lit avec toi, s'insurgea-t-elle, priant pour que ses mots reflètent sa pensée. C'est toi qui crois en avoir besoin, pas moi. Sinon, tu ne serais pas là.

— Tu as autant besoin que moi de refermer la porte sur le passé.

Il posa un doigt sous son menton et l'obligea à le regarder dans les yeux.

— Couche avec moi, Charlotte.

La tentation était grande. Elle éprouvait du désir pour lui, elle ne pouvait le nier, le nœud dans sa gorge en était la preuve. Elle n'avait pas besoin de sa bouche sur sa peau pour comprendre que l'alchimie entre eux était toujours puissante, peut-être même encore plus puissante que neuf ans plus tôt. Malgré tout, elle ne pouvait oublier sa trahison.

— Je ne peux pas.

— La peur t'a empêchée de fuir quand tu étais une jeune fille. Aujourd'hui tu es une femme. Pourtant, tu as toujours peur.

Il disait n'importe quoi. C'était lui qui s'était enfui, c'était lui qui avait eu peur, pas elle !

— Qu'as-tu à perdre ? Tu n'as pas de travail, pas de famille, pas d'argent, et tu seras bientôt expulsée de ta maison.

— Comment es-tu au courant ?

— Il n'est pas bien difficile d'imaginer la vie que tu as menée.

Il était au courant, évidemment, il avait de l'argent aujourd'hui. Il suffisait de voir son costume sur-mesure pour le deviner. Il savait donc qu'elle n'avait pas évolué. À ses yeux, elle restait la jeune fille qu'il avait connue, une jeune fille solitaire, paniquée à l'idée de perdre son père.

Elle demeura silencieuse, comme son père lui avait appris. Ce dernier lui avait toujours répété que les étrangers ne pouvaient pas comprendre leur vie.

Voilà pourquoi elle n'avait jamais rien dit de ses conditions de vie à personne, pas même à la police qui, un jour, avait frappé à la porte parce que l'école n'avait pas pu contacter son père pendant trois jours et qu'ils s'inquiétaient pour son bien-être. Ce jour-là, la police avait trouvé son père à peine conscient et, aussitôt, les services sociaux l'avaient emmenée dans un foyer pour enfants.

Là encore, elle était restée silencieuse, ne parlant à personne.

Sauf à Akeem.

Huit semaines, lui avaient alors annoncé les services sociaux. Son père disposait de huit semaines pour prouver qu'il était apte à s'occuper d'elle.

En attendant, il n'y avait eu qu'elle et lui, Charlotte et Akeem. Il avait été son premier et son seul ami. Pour la première fois, elle s'était ouverte parce qu'il lui avait offert quelque chose qu'elle n'avait jamais connu. L'amitié.

Aujourd'hui, elle n'était plus cette jeune fille et elle ne voulait surtout pas le redevenir parce que cette fille avait tout abandonné pour son père, y compris ses rêves.

À sa grande surprise, un sentiment d'insouciance qu'elle n'avait jamais connu auparavant l'envahit soudain. Tout à coup, elle avait envie d'oublier toute prudence et d'admettre qu'elle désirait son corps. Après tout, pourquoi ne pas être égoïste, pour une fois ? Elle ne s'était jamais autorisée à penser à elle, jusqu'à présent, elle n'avait jamais agi de façon spontanée. Sauf une fois, le jour où elle avait fait sa valise, prête à s'enfuir avec Akeem. Le jour où il était parti sans elle…

Après réflexion, elle n'avait rien à perdre à passer la nuit avec lui. Rien ne l'empêchait de profiter d'un moment de plaisir, aussi éphémère soit-il.

Timide, elle s'approcha de lui et se mit sur la pointe des pieds.

— Une nuit ?

Elle riva son regard au sien, attendant qu'il réponde, comme un boxeur se mesurant à un adversaire avant un combat, exactement comme son père l'avait fait dans sa jeunesse.

Ce dernier ne s'était jamais battu pour elle, ou pour leur famille. Il n'était fier que de ses succès passés en boxe. De son côté, de quoi pouvait-elle être fière ? Des quelques prix qu'elle avait obtenus en dessin au collège ? D'une bourse pour l'université dont elle n'avait pas pu profiter parce qu'elle avait dû travailler et s'occuper de son père ?

— Une nuit, confirma Akeem, le regard affamé et la respiration rapide.

Entre eux, il ne s'agissait que de désir. Ses nerfs étaient à vif et ses sens en feu simplement parce que la journée avait été riche en émotions.

La possibilité d'agir de façon impulsive était excitante mais aussi effrayante. Malgré tout, elle allait en profiter. Pour la première fois de sa vie, elle avait envie d'être spontanée.

Ses mains expertes trouvèrent le chemin jusqu'à ses épaules mais elle le repoussa et se dégagea de son étreinte. Elle n'était pas encore prête.

— Terminons-en, lança-t-elle, essayant d'afficher l'indifférence qu'elle voulait projeter.

Malheureusement, elle n'était pas indifférente. Au contraire, elle était excitée. Elle était en feu.

Son regard se fit un peu plus perçant.

— Comme tu veux, mais sache que cela sera long, et très bon.

À ces mots, un délicieux frisson la parcourut.

— Une nuit ne nous changera pas. Demain, nous nous

séparerons et chacun retournera à sa vie. Nous ne serons qu'un lointain souvenir dans la vie l'un de l'autre.

Elle hocha la tête. Encore une fois, il mentait. Elle changerait, évidemment qu'elle changerait. Mais n'était-ce pas ce qu'elle désirait ? N'avait-elle pas envie de devenir une autre femme et de se projeter dans l'avenir sans être retenue par son passé ?

— Arrête donc de réfléchir, Charlotte. Prends plutôt ma main.

Ignorant les questions qui se bousculaient encore en elle, elle obéit. Puis, aveuglément, elle le suivit, sa main dans la sienne, en silence, jusqu'à une voiture qui semblait les attendre.

Une fois dans le véhicule, elle le dévisagea, son cœur faisant des bonds dans sa poitrine. Sa paume la brûlait encore. La chaleur de l'union de leurs mains irradiait partout en elle. Et sa bouche… Oh ! sa bouche… Elle palpitait au souvenir de ses lèvres si proches des siennes.

Son cœur menaçait d'exploser mais elle se força à détourner le regard et essuya la sueur qui perlait sur ses paumes en lissant sa jupe noire. Elle remarqua alors que ses collants étaient filés, au niveau de son genou, et les doutes l'envahirent. Que faisait-elle auprès d'Akeem ? Avec sa jupe bon marché et ses collants déchirés, elle n'aurait jamais dû se trouver ici. Elle ne ressemblait en rien à une femme se rendant dans un hôtel de luxe pour un rendez-vous galant.

Elle regarda par la fenêtre. Autour d'elle, elle avait soudain l'impression que tout était flou. Mais pourquoi s'inquiéter ? Après tout, peu importaient ses vêtements, ce qui comptait c'était qu'elle désirait ce qui allait se passer. Elle le désirait, lui.

— Tu es tellement tendue… murmura-t-il dans le creux de son oreille.

D'un doigt doux mais ferme, il traça la ligne de sa colonne vertébrale et la chair de poule la gagna.

— J'ai bien l'intention d'apaiser cette tension.

Cela faisait presque dix ans qu'elle n'avait pas été touchée. Bien sûr, elle avait rencontré des hommes, au fil du temps. Dans ses emplois, rencontrer des hommes n'avait pas été un problème, mais elle ne s'était jamais liée à aucun d'eux, elle ne les avait jamais désirés. Ils n'étaient pas Akeem. Avec eux, elle n'avait jamais perçu cette alchimie qui brûlait toujours aussi fort entre Akeem et elle.

Rêveuse, elle se cambra contre lui et ferma les yeux.

Une nuit, rien qu'une nuit, et ses mains seraient partout… Sur elle, en elle… Ils seraient nus et anonymes dans un hôtel chic de Londres.

Il avait raison, elle en avait besoin. Elle avait besoin de lui.

La voiture ralentit, à moins que ce ne soit sa respiration, elle ne savait pas. Elle avait de plus en plus de mal à reprendre son souffle.

Il pressa sa poitrine contre son dos. Une sensation de puissance émanait de son torse, une confiance solide et dévorante qui faisait disparaître tous ses doutes.

— Akeem, as-tu peur ?

— Qu'est-ce qui pourrait me fait peur ?

Elle se retourna et posa sa main contre son torse, le tenant à distance, même si son instinct lui intimait l'ordre de l'attraper par le revers de sa veste et de le tirer vers elle.

— Cette alchimie, entre nous.

— C'est de l'excitation que je ressens, pas de la peur.

— Moi aussi, mais cela fait presque dix ans, nous sommes devenus des étrangers l'un pour l'autre. J'avais seize ans quand nous nous sommes rencontrés à l'orphelinat Saint-John…

— J'avais presque dix-huit ans. Nous étions tous les deux des jeunes gens innocents et nous avons trouvé du réconfort dans les bras l'un dans l'autre.

— Depuis, la trajectoire de nos vies a été…

Elle allait dire « différente » mais le mot ne lui convenait pas. Akeem suintait le luxe avec son costume sur-mesure. Il vivait dans un autre monde et elle…

Elle secoua la tête et baissa les yeux vers sa main posée sur son torse. Neuf ans plus tôt, Akeem lui avait offert du réconfort dans un monde violent, il lui avait offert un moment de répit dans sa vie au service de son père. De son côté, elle lui avait offert une échappatoire. Elle lui avait permis d'oublier qu'il était enfermé dans ce lieu dépendant des services sociaux dont il rêvait de s'échapper.

Elle n'avait jamais imaginé se retrouver près de lui, près de dix ans plus tard, et être devenue une étrangère pour lui.

Incapables de résister à la tentation, ses doigts se mirent à aller et venir sur son torse, comme pour en tester la fermeté.

Adolescente, elle rêvait d'une famille et d'une carrière de portraitiste. Malheureusement, la seule personne qui avait cru en ses rêves, Akeem, avait disparu, et ses espoirs s'étaient évanouis. Ils s'étaient envolés sitôt qu'elle avait osé croire qu'ils étaient possibles.

Entre deux doigts, elle saisit un bouton de sa chemise puis, levant les yeux, elle observa la pointe rose de sa langue humidifier sa lèvre inférieure.

Akeem lui avait donné la foi.

Il lui avait aussi fait croire à beaucoup d'illusions.

Son souffle se bloqua dans sa gorge, et elle glissa un doigt dans la boutonnière avant de rencontrer un fin duvet.

Aujourd'hui, il ne s'agissait pas d'illusion. Le désir qu'elle éprouvait était bien réel.

— Tu as toujours envie de moi, Charlotte, tu cherches juste un moyen de justifier ton désir. Le lien qui nous unit encore devrait pourtant dissiper toute honte.

Surprise, elle sursauta. Pouvait-il lire en elle si facilement ?

— Nous ne sommes pas des étrangers l'un pour l'autre, poursuivit-il. Ton corps connaît le mien.

Il posa le bout de son pouce sur sa lèvre supérieure et, instinctivement, elle ouvrit la bouche. Il attrapa ensuite sa main et la posa sur le renflement durci de son pantalon.

— Et mon corps connaît le tien.

Elle ne pouvait pas bouger. La chaleur de son corps et de son désir l'avait hypnotisée.

— Il n'y a aucune honte à avoir, *qalbi*. Il n'est question que de plaisir.

Elle ne répondit pas, elle ne pouvait pas. Elle n'était plus en état.

— Nous sommes arrivés, lui annonça-t-il soudain.

Avant qu'elle n'ait eu le temps de reprendre son souffle, il ouvrit la portière de son côté et lui tendit la main. Elle sortit timidement du véhicule et regarda devant elle.

Elle voyait des avions, des petits, des gros, et d'autres encore plus gros.

Curieuse, elle se tourna vers lui.

— Où est l'hôtel ?

— Il n'a jamais été question d'un hôtel.

— Alors où…

Au loin, un avion décolla, et elle le regarda s'élever dans le ciel. Pourquoi se trouvaient-ils dans un aéroport ?

— Je ne comprends pas, tu n'as parlé que d'une nuit.

— Une nuit mais dans mon lit. Je te veux dans mon lit, dans mon royaume, dans le désert.

Une chaleur brûlante remonta depuis sa poitrine jusqu'à ses joues. Le simple son de sa voix faisait fondre son corps et l'envoûtait.

— Ton royaume ?

— Je suis le prince héritier Akeem Abd al-Uzza, fils de feu le roi Saleem Abd al-Uzza et futur roi de Taliedaa.

— Comment…

Sous le choc, elle s'interrompit net. Elle était perdue.

— Quand ton père biologique t'a contacté, le jour de ton dix-huitième anniversaire, j'ai cru…

— Tu as mal cru. Ce n'est pas mon père qui m'a contacté, mais son directeur de cabinet, celui qui a veillé sur moi toute ma vie. En attendant.

— En attendant quoi ?

Tout à coup, la colère était en train de remplacer la surprise en elle.

— En attendant de constater à quel point celle-ci était cruelle avec toi ?

Était-il en train de suggérer que quelqu'un aurait pu le sauver mais ne l'avait pas fait ?

— Il t'a abandonné, toi, un enfant, alors que tu étais prince… Il t'a laissé être ballotté d'orphelinats en familles d'accueil ?

— Épargne-moi ta pitié, s'il te plaît.

— Ce n'est pas de la pitié que je ressens.

Ce qu'elle ressentait, c'était de la colère.

— Pourquoi ont-ils attendu aussi longtemps après la mort de ta mère pour venir te chercher ?

— Ma mère n'avait aucune importance. Pour mon père, elle n'était qu'un jouet, une simple employée du palais avec qui il avait passé une nuit. De peur d'être rejetée, elle avait quitté le royaume sitôt qu'elle avait découvert qu'elle était enceinte… Sa mort n'a rien changé à ma situation.

À le voir la tête baissée, à entendre sa voix profonde, elle devinait combien cette confession lui avait coûté.

— Je ne comprends toujours pas pourquoi tu es resté dans le giron des services sociaux jusqu'à ton dix-huitième anniversaire.

— Les rois ne se préoccupent pas de leurs bâtards, à moins qu'ils ne représentent un risque pour la sécurité du royaume ou qu'ils aient soudainement besoin d'eux. Or il se trouve que je suis le seul héritier du trône de Taliedaa.

Sa voix était froide, neutre. Ses traits étaient tirés.

— Pourquoi ne m'as-tu rien dit ?

— Je t'ai dit le plus important. À dix-huit ans, ma famille biologique a pris contact avec moi et voulu me rencontrer. Le reste aurait-il eu de l'importance ?

— Bien sûr que non, mais nous avions prévu de nous enfuir…

— Tu avais offert ton cœur à un garçon qui travaillait avec ses mains du matin au soir.

Son visage était indéchiffrable. Elle avait tout à coup l'impression qu'il portait un masque.

— Tu n'as pas offert ton cœur à un prince orphelin élevé dans la pauvreté qui, un jour, serait roi. Tu voulais l'homme et non la couronne.

— Est-ce pour cette raison que tu étais aussi pressé de

rencontrer mon père et de lui annoncer que nous partions ? Est-ce pour cette raison que tu es parti…

Sans moi ?

Elle s'interrompit net, retenant ses derniers mots dans sa bouche.

— Quand j'ai suggéré que nous nous enfuyions ensemble, loin d'un système qui n'avait pas pu nous protéger, et loin de ton père, je pensais que nous emménagerions dans un appartement grâce à la bourse que j'allais obtenir pour mon dix-huitième anniversaire et puis… Finalement, je suis rentré dans mon pays.

— Tu as choisi de partir.

— Je n'ai pas choisi, mais peu importe. Ce qui compte, c'est que je suis ici, aujourd'hui.

Elle avait envie d'insister. Elle voulait qu'il lui dise en face qu'elle n'avait pas été suffisante pour lui, qu'il avait préféré partir sans elle parce qu'elle n'avait pas l'étoffe d'une princesse. Hélas, les mots lui restaient en travers de la gorge.

Il avait pensé qu'elle n'était pas digne de sa nouvelle vie. Il savait que la fille d'un alcoolique ne serait jamais acceptée par la monarchie ou par sa famille.

À vrai dire, elle n'était pas surprise. Elle était destinée à échouer, son père le lui avait suffisamment répété, elle n'était pas destinée à être aimée. Mais penser à la jeune fille qu'elle avait été, cette fille qui lui avait avoué tous ses espoirs et tous ses rêves, persuadée qu'il l'acceptait comme elle était, pour qui elle était, et découvrir aujourd'hui que ce n'était qu'illusion, lui faisait mal.

— J'ai changé d'avis, je ne peux pas aller à Taliedaa

Elle voulait bien fermer la porte sur le passé, pas faire marche arrière !

— Je ne veux pas aller dans un monde où tu es un prince et où je suis… Juste moi.

Elle baissa les yeux vers ses habits bon marché.

— En plus, mes collants sont filés.

— Retire-les.

— Je… Je ne peux pas.

Elle pouvait enlever ses collants. Mais elle ne pouvait pas retirer sa peau, elle ne pouvait pas changer qui elle était.

— Où vas-tu aller, *qalbi* ? Tu vas retourner dans la petite maison où nous avons passé d'innombrables heures à nous cacher de ton père, à nous cacher de cet horrible directeur de l'orphelinat ?

Ses yeux se fixèrent sur les siens et, instantanément, son ventre se noua.

— Cette petite maison où j'ai perdu ma virginité, et où tu as perdu la tienne…

Elle retint son souffle, repensant à la seule et unique fois où ils avaient fait l'amour, cette dernière nuit avant qu'ils n'annoncent à son père qu'ils partaient et ne reviendraient jamais.

Sauf qu'ils n'étaient pas partis. Akeem l'avait abandonnée.

— Je ne suis plus ce garçon, Charlotte. Je ne vais pas tâtonner ou hésiter. Le plaisir que tu vas éprouver dans mes bras aujourd'hui ne ressemblera en rien à notre nuit ensemble. Tu connaîtras un plaisir que seul un roi peut te donner.

— Un roi ?

— C'est ta dernière chance, la prévint-il, ignorant sa question et faisant un signe de la main vers le long tapis rouge menant à la passerelle d'un gigantesque avion… À toi de choisir. Tu viens ou tu restes exactement là où tu es depuis toujours.

Sans attendre sa réponse, il se dirigea vers l'appareil.

— Akeem !

Il se retourna brusquement.

Elle avait tout à coup l'impression d'étouffer.

— Je ne suis pas non plus la fille dont tu te souviens.

Elle ne l'était pas et elle ne voulait pas le redevenir. Même si elle ne faisait pas partie d'une lignée royale, elle avait envie d'être quelqu'un d'autre, ne serait-ce que pour une minute. Elle voulait être égoïste, être audacieuse, être digne de… Plus.

Hors de question qu'elle se comporte comme son père et permette à la vie de la laisser sur le bord du chemin.

Son père n'avait été qu'une ombre aux portes de la mort

pendant des années. Il avait succombé à une crise cardiaque provoquée par son alcoolisme un jour où elle était absente. Il était mort parce qu'elle n'avait pas réussi à faire la seule chose qu'elle avait essayé de faire toute sa vie : le garder en vie.

Faisant taire ce souvenir avant qu'il ne la consume, elle se concentra plutôt sur l'homme devant elle.

Elle était fatiguée d'échouer, fatiguée de végéter et aujourd'hui, cet homme lui offrait la vie. Pourquoi refuser ? Elle n'avait aucune raison. Oui, sa décision était prise.

Déterminée, elle secoua ses boucles sur ses épaules et, la tête haute, commença à remonter le tapis rouge.

2.

Il avait menti.

Son avion était encore plus luxueux qu'un hôtel. Avec ses deux étages, il était le plus grand et le plus rapide des jets jamais vus dans les cieux.

En fait, rien ne l'empêchait de la posséder, ici et maintenant, dans l'une des multiples chambres de l'avion, puis de la renvoyer à sa vie médiocre avec pour seuls bagages les marques qu'il laisserait sur son corps.

Bon sang, il n'était qu'un monstre, une bête sauvage !

Il posa la main sur la rampe métallique de la passerelle.

Bête sauvage… C'était ainsi que l'avait qualifié son père, lui son seul fils, son unique enfant.

Aujourd'hui, il n'était plus une bête sauvage. Il ne pleurait plus quand il était triste, il ne criait plus quand il était en colère. Il n'était plus le garçon qui, rageur, avait arraché les pattes de son ours en peluche. Il n'était plus l'adolescent qui répondait avec ses poings quand les garçons de sa classe se moquaient de ses pantalons usés et de ses chemises jaunies. Il n'était plus, non plus, le garçon qui, lorsqu'il avait été présenté à son père, avait réagi avec une telle rage que ses gardes du corps avaient dû le ceinturer.

Non, il n'était plus ce garçon, il n'agissait plus sur des coups de tête, se rappela-t-il, faisant taire le souvenir de la voix de son père avant de revenir au présent.

Cette nuit avec Charlotte était nécessaire.

Une nuit pour séduire et détruire. Pas seulement Charlotte,

mais le passé, et tout ce qui restait du petit garçon dont personne n'avait voulu, ce garçon que son père lui avait interdit d'être.

Charlotte pénétra dans le jet, et il la suivit, savourant l'envoûtant balancement de ses hanches sensuelles.

Comme il l'avait ordonné, personne ne les accueillit en haut de la passerelle. Aucun membre de son personnel ne devait la voir. Personne ne devait savoir qu'elle était là.

Sauf lui.

Charlotte était le dernier lien qui le reliait à son passé et, dès le lendemain, il pourrait couper cette corde.

Il l'observa avancer timidement dans le premier salon, ses boucles auburn virevoltant le long de son dos. Elle était plus ronde que neuf ans plus tôt. Même de dos, dans cet affreux blazer noir, il pouvait deviner la volupté de ses hanches.

— Akeem…

Elle ne se retourna pas, elle s'arrêta juste, regardant devant et non derrière elle.

Lui avait passé près de dix ans à essayer de ne pas regarder en arrière, à essayer de ne pas ressentir, de ne pas penser. Hélas, elle occupait sans cesse son esprit. Elle était toujours là, à le narguer.

— Continue.

Après une brève hésitation, elle franchit une nouvelle porte, entra dans le salon principal et il appuya sur un bouton. La porte vitrée se ferma aussitôt derrière eux et les battements de son cœur se mirent à aller crescendo. Il battait si vite, tout à coup, qu'il avait l'impression qu'il allait exploser.

Charlotte était tout à lui, désormais.

Elle s'arrêta enfin et observa les lieux. Bouche bée, elle semblait s'imprégner de cet environnement dans lequel il baignait désormais au quotidien.

Il vit soudain son regard s'arrêter sur le trône en or, incrusté de milliers de pierres précieuses provenant des mines de Taliedaa.

Elle poussa un petit cri de surprise qui, comme par magie, l'excita. Dommage que sa bouche ne soit pas sur la sienne, il aurait bien aimé s'y abreuver et boire ce sentiment de triomphe qu'il éprouvait.

— Assieds-toi, *qalbi.*

Elle tourna vers lui ses grands yeux couleur émeraude.

— Où ?

Pour toute réponse, il s'avança vers elle, l'obligeant à reculer jusqu'au trône avec ses pieds en forme de patte de lion. Celui-ci n'avait pas été conçu pour être confortable. Il avait été créé pour attirer l'attention sur son occupant.

Ce trône était à lui, désormais, et il ne voulait avoir d'yeux que pour elle. Le temps d'une journée et d'une nuit, elle goûterait à sa nouvelle vie. Elle découvrirait qui il était devenu, et qui il deviendrait dans quelques jours.

Un roi.

— Ici… ?

Il acquiesça d'un hochement de tête puis s'approcha d'elle pour attraper la ceinture de sécurité.

— Je peux le faire, se défendit-elle tandis que ses doigts frôlaient les siens.

À leur contact, elle se figea et leva ses grands yeux vers lui. À l'évidence, elle aussi avait senti cette décharge électrique.

— Laisse-moi le faire, insista-t-il en fermant la ceinture autour de sa taille.

Elle lécha ses lèvres pulpeuses, attirant aussitôt son regard. Ses yeux parcoururent son beau visage. Il admira ses pommettes hautes avant de plonger dans ses prunelles vert émeraude rehaussées d'éclats d'or. Il n'avait pas oublié ces yeux.

Mais il les oublierait. Bientôt, il ne rêverait plus à elle. Terminé.

— Tout à l'heure… Tu as dit que tu étais roi…

— Mon père est décédé il y a quelques semaines. Je monterai officiellement sur le trône dans quinze jours.

— Je suis désolée.

— Personnellement, c'est pour toi que je suis désolé.

— Nous sommes tous les deux seuls, aujourd'hui, ajouta-t-elle avant de lui adresser un sourire timide mais empli de bonté qui lui fit l'effet d'un coup de poing dans le plexus solaire.

Il ne voulait pas de sa gentillesse, il n'en avait pas besoin, plus maintenant. Malgré tout, il ne bougea pas. Il ne prononça pas le moindre mot de peur qu'elle ne reconnaisse en lui le jeune homme qu'il avait passé neuf ans à tenter de faire grandir.

Il n'avait pas le choix, il devait à tout prix fermer le livre, tourner la page, tirer un trait définitif sur le passé.

— Comment était-il ? reprit-elle.

— Qui ?

— Ton père.

— Il était roi, répondit-il, la mâchoire crispée.

— D'accord, mais était-il comme tu imaginais qu'il serait ?

— Non. Mon père était un homme et un roi égoïste.

— C'est triste.

— Au contraire. Grâce à lui, je sais quel genre d'homme je ne dois pas être.

Le même genre d'homme que lui.

— Comment ? T'a-t-il donné des leçons ?

Il serra les dents en repensant au jour de son arrivée.

— J'ai reçu ma première leçon dès mon arrivée à Taliedaa, lui expliqua-t-il en évitant de regarder ses poignets sur lesquels il pouvait encore sentir la pression des mains des hommes qui le tenaient.

Tout cela, c'était la faute de Charlotte. Elle seule était responsable de la colère qui bouillonnait en lui lorsqu'il était parti rencontrer son père.

Tu t'es laissé prendre dans ses filets.

Non, il s'était empêtré dans ses filets tout seul.

Aujourd'hui, il n'était attaché à rien ni personne, il n'était pris dans les filets de personne, mais le jour où il était arrivé à Taliedaa il était toujours sous le choc de son rejet, il souffrait encore.

Sa première question, lorsqu'il avait rencontré son père, avait été de lui demander pourquoi il ne l'avait pas sauvé de la pauvreté mais ce qu'il voulait surtout savoir, c'était pourquoi il l'avait oublié. Il voulait comprendre pourquoi ils l'avaient tous abandonné, sa mère, les familles d'accueil… Et Charlotte.

Pour toute réponse, son père lui avait rétorqué que personne ne voulait d'un petit garçon pathétique, ou d'un jeune homme pitoyable, or il était faible. Comme sa mère.

À ces mots, la colère s'était emparée de lui et, fou de rage, il avait bondi sur son père, prêt à déverser sur lui toute la souffrance qu'il avait retenue en lui pendant tant d'années. Ses gardes du corps l'avaient alors attrapé, le stoppant dans son élan, et le roi avait éclaté de rire.

Assis sur son trône imposant, entouré d'hommes prêts à le protéger au péril de leur vie, son père avait incité ceux-ci à le rouer de coups pour lui donner une bonne leçon. À chaque fois qu'il se débattait, les gardes du corps le frappaient plus fort et son père riait de plus belle.

Celui-ci l'avait ensuite obligé à se déshabiller afin de lui montrer à quel point il était un sauvage, afin de lui prouver qu'il était soumis à ses pulsions. Il ne valait guère mieux qu'un chien, avait-il ajouté. Au moins, les chiens répondaient à un stimulus. Lui n'était qu'une bête sauvage, indomptée, inutile.

Lorsque ses hommes s'étaient arrêtés de le battre, son père lui avait donné le choix, oublier le garçon qu'il était ou bien rentrer chez lui, retourner à sa petite vie médiocre en Angleterre.

Pour son père, ni sa colère, ni les raisons de celle-ci, n'avait d'importance. Il n'était allé le chercher que parce qu'il était son seul héritier et qu'il voulait perpétuer la lignée.

— Quelle était cette leçon ?

Décider s'il voulait rester une bête sauvage ou devenir quelqu'un d'autre.

Il avait alors choisi de devenir Akeem Abd al-Uzza, prince héritier de Taliedaa et, après cette leçon, il n'avait plus jamais crié.

— Cette leçon avait pour but de m'obliger à faire ma mue et à laisser derrière moi Akeem Ali. Mon père voulait que son fils porte son nom.

— Tu ne voulais pas garder ton nom ?

— Cette option n'était pas sur la table.

— Pourtant, ton père devait sûrement connaître l'importance qu'avait ta mère pour toi ?

— Mon père ne se souciait que de lui-même.

— Et de son peuple, sans doute.

Elle insistait sur les points précis qu'il ne voulait pas aborder. Il ne voulait pas répondre à ses questions, il ne voulait pas lui parler des aspects dégoûtants de la vie du roi. Les orgies, les femmes se jetant à ses pieds, l'impatience, l'avidité, le mépris total pour les besoins de son peuple, pour ceux de son pays…

Pour ceux de son fils.

— Non, il ne se souciait que de lui-même.

— Et toi ? De qui te soucies-tu ?

— Mon peuple passera toujours en premier. Je ne serai ni l'homme ni le roi que mon père était.

Il se concentrerait uniquement sur les besoins de son peuple. Les siens n'avaient aucune importance.

Sauf aujourd'hui.

Vingt-quatre heures seulement lui seraient nécessaires pour prendre sa revanche et tirer un trait définitif sur son passé. Ensuite, il pourrait être le roi dont son peuple avait besoin.

— Nous sommes le reflet l'un de l'autre, lança-t-elle soudain.

Surpris, il fronça les sourcils.

— Tu as perdu une mère que tu aimais, j'ai perdu un père.

— Es-tu en train de comparer ce que je ressentais pour ma mère avec ce que tu éprouvais pour ton père ?

— Oui. Tu aimais ta mère d'un amour inconditionnel. Je sais que tu étais jeune, quand elle est morte, mais je percevais cet amour à chaque fois que tu parlais d'elle. Je sais également que si tu avais pu l'empêcher de monter dans cette voiture, tu l'aurais fait, tu l'aurais protégée. De mon côté, je n'ai jamais idolâtré mon père, mais je l'aimais et j'ai essayé de le protéger.

— Et mon père ?

— Absent, comme ma mère.

— Non, nous ne sommes pas pareils.

— J'ai dit que nous étions le reflet l'un de l'autre. Des opposés.

Elle avait raison. Ils appartenaient à des mondes à l'opposé l'un de l'autre, même si leurs points de départ étaient similaires.

Était-ce pour cette raison qu'il avait osé l'aimer, neuf ans plus tôt ?

Se reprenant, il laissa échapper un grognement et se détourna. Il n'était plus naïf, aujourd'hui. Il savait que l'amour n'était que pour les faibles, pour les êtres primitifs, les sauvages.

Il désirait Charlotte, il voulait bien l'admettre, mais il ne s'agissait que d'une attraction physique. Aucune émotion, aucun sentiment n'était en jeu. Il n'avait besoin que d'une nuit de sexe pour lui faire comprendre qu'il n'était plus le garçon qu'elle avait rejeté neuf ans plus tôt.

Il s'installa sur le canapé face à elle et la dévisagea.

— Tu vas rester assis là à me regarder pendant longtemps ?

— Oui.

Le dos droit, les genoux collés l'un contre l'autre, elle regardait droit devant elle, comme si rien ne pouvait la troubler. Amusé, il esquissa un sourire malin. Il allait plus que bousculer ses inhibitions, il allait les réduire en poussière.

L'avion décolla soudain et elle ferma les yeux.

— Charlotte ?

Elle ne répondit pas mais il la vit serrer ses mains sur ses genoux, attirant son attention sur ses collants filés.

Son monde était maintenant très éloigné du sien. Il avait connu son univers, ce monde de vêtements raccommodés et de chaussures bon marché mais il avait changé et aujourd'hui, le rappel de ce qu'il était neuf ans plus tôt le mettait mal à l'aise.

Il serra les poings. En fait, ce n'étaient pas ses vêtements qui le tourmentaient, mais les souvenirs qu'ils ravivaient.

Neuf ans plus tôt, dans les bras de Charlotte, il avait été tout ce que son père lui avait reproché de ne pas être. Il avait été… Calme. Elle l'avait en effet apaisé. Elle avait réconforté l'ego d'un garçon qui n'avait jamais connu une telle tranquillité, pas depuis le décès de sa mère, pas avec les familles d'accueil dans lesquelles il avait été placé et qui l'avaient toutes renvoyé au motif qu'il était trop nerveux. Des psychologues avaient bien tenté de l'aider mais ils avaient vite laissé tomber en voyant qu'il préférait toujours communiquer avec ses poings plutôt qu'avec des mots.

Avec elle cependant, il n'avait pas eu besoin d'insultes ou de coups de poing pour apaiser sa rage. Sa simple présence avait suffi à calmer sa colère.

Aujourd'hui, il n'était pas calme. Au contraire, ses nerfs étaient à vif.

Les chaussures, les collants, les vêtements… Charlotte était restée dans le monde de la médiocrité et pourtant, assise sur le trône, elle dégageait la confiance d'une reine.

Connaissait-il cette nouvelle Charlotte ?

Enfin, peu importait. L'espace de vingt-quatre heures, elle allait oublier ce monde où elle comptait chaque centime, et il prendrait plaisir à l'exposer à tous les plaisirs de la chair avant de la renvoyer à sa petite vie étriquée.

Il observa sa pâleur, la tension dissimulée dans chacune de ses articulations et se leva.

Au même instant, elle ouvrit les yeux et, instantanément, la chaleur et le désir explosèrent en lui.

Les yeux dans les yeux, il repoussa une longue mèche bouclée derrière son oreille.

— Tu as le mal de l'air ?

Elle rougit.

— C'est la première fois que je prends l'avion.

Pour toute réponse, il lui prit la main et l'invita à le suivre dans le long couloir menant aux chambres principales.

— Où m'emmènes-tu ?

— Je vais te montrer ta chambre.

— Tu n'as pas de personnel pour s'en charger ?

À ces mots, il s'arrêta et la regarda droit dans les yeux.

— Tu ne dois être vue par personne d'autre que moi.

Il poussa une porte, la fit entrer dans la pièce devant lui et s'attarda dans l'embrasure de la porte tandis qu'elle découvrait les lieux, notamment le lit.

Tout en lui voulait entrer dans la pièce et la pousser sur le matelas pour la posséder, mais il se retint.

— Pourquoi personne ne doit me voir ? lui demanda-t-elle en se retournant pour lui faire face.

— Tu vas entrer dans mon royaume en secret et tu en partiras en secret également.

— Je dois entrer et sortir en cachette ?

— Exactement.

Pas une once de doute ne hantait le velours de sa voix. Pourtant, il percevait des notes de honte là où il ne devrait ressentir que du triomphe, parce qu'en agissant de façon aussi égoïste il ressemblait à son père.

— Pourquoi ? Un roi a le droit d'avoir des désirs.

— Mon père enchaînait les aventures et les affichait ostensiblement. Il se moquait de son peuple en faisant passer ses désirs avant son pays…

Il s'interrompit net. Il en avait trop dit.

— Si je comprends bien, tu ne veux pas être un roi qui se conduise de cette façon.

— Tu as bien compris, acquiesça-t-il avant de prendre une profonde inspiration.

Son comportement n'avait rien à voir avec la poursuite du plaisir par son père. C'était différent. Charlotte était différente.

— Tu as peur qu'être vu avec moi nuise à ta réputation ? Il n'est pourtant question que de sexe.

Non, il n'était pas uniquement question de sexe. En échange d'une nuit, il allait prendre sa revanche. Neuf ans plus tôt, elle lui avait fait oublier que la seule personne sur laquelle il pouvait compter était lui-même et pour cette raison, il la détestait.

Elle était son seul lien avec l'épave émotionnelle qu'il avait été autrefois et, après cette nuit, lorsqu'il lui aurait montré l'homme qu'il était devenu, son passé deviendrait obsolète. Le lien serait rompu. Charlotte ne le hanterait plus. Les dernières traces d'Akeem Ali auraient disparu. Ce garçon serait mort, comme son père l'avait exigé la première fois qu'ils s'étaient rencontrés.

— Personne ne le saura, *qalbi*.

Son peuple ne devait pas savoir que son besoin sauvage de la posséder une dernière fois le consumait.

Il disposait d'une nuit pour refermer les portes du passé avant de pouvoir embrasser pleinement son avenir.

— Tu ne seras qu'une aventure d'un soir, pas ma future reine, insista-t-il, déterminé à ne lui laisser aucun doute sur la place exacte qu'elle occuperait dans son futur.

Une place inexistante.

Charlotte rassembla toutes ses forces pour ne pas réagir.

Aventure d'un soir… La proposition d'Akeem ne suggérait pas l'opulence, comme il lui avait promis, mais plutôt la médiocrité. Ces mots ne l'avaient pas consternée, elle avait entendu pire, ils lui nouaient néanmoins la gorge.

— Habille-toi, lui ordonna-t-il depuis l'embrasure de la porte et elle suivit son regard vers les vêtements posés sur la table.

Comme il ne bougeait pas, elle lui adressa un clin d'œil.

— Tu veux regarder ?

— Tu as envie que je regarde ?

— Non.

Pourtant, à l'idée de son regard brillant glissant sur ses cuisses tandis qu'elle retirerait son collant, une vague de chaleur s'épanouit en elle.

Troublée, elle croisa les bras avant de baisser les yeux vers le couvre-lit brodé de fils d'or.

— Tu n'as pas dit où se passerait notre corps-à-corps, tu as juste évoqué ton lit.

— Je possède de nombreux lits, dans beaucoup de pays, mais je t'emmène dans un lit bien précis, le mien, à Taliedaa.

— Pourquoi m'avoir fait venir dans cette chambre alors ? Un lit est un lit. Je ne comprends pas ton besoin d'attendre, surtout si tu ne veux pas qu'on nous voie ensemble.

— Parfois l’attente est plus agréable que l’action.

Sans la quitter des yeux, il s’approcha d’elle, lentement, tel un prédateur devant sa proie.

— J’ai attendu ce moment pendant neuf ans alors je n’ai pas l’intention de me précipiter. Je vais te dévorer avec ma bouche… Avec mes doigts… Mon corps sera sur toi. En toi. Je vais te savourer, encore et encore, mais seulement quand tu le demanderas, pas avant.

Sous le choc, elle retint son souffle.

L’homme qui l’avait abandonnée autrefois était prêt à patienter, aujourd’hui. Neuf ans plus tôt, il ne l’avait pourtant pas attendue.

Elle repoussa ce souvenir. Elle n’était pas ici pour affronter le passé, ni les émotions qui palpitaient dans sa poitrine, des émotions qui ressemblaient à celles qu’il avait fait naître en elle autrefois, la sensation d’être précieuse, d’être recherchée, d’être aimée. Ce soir, elle n’était ici que pour réclamer du plaisir.

— Alors je l’exige. Je le veux, annonça-t-elle en passant ses bras autour de son cou. Je te veux.

La sensation de sa peau brûlante sous ses doigts déclencha une décharge électrique qui la parcourut de la tête aux pieds.

— Veux-tu que je t’embrasse, *qalbi* ?

Elle répondit d’un mouvement de paupière et, sans attendre, il posa sa bouche à la base de sa gorge, y déposant une nuée de baisers gourmands.

Charmée, elle gémit tandis qu’une pression brûlante s’installait dans son abdomen. Elle serra ses cuisses l’une contre l’autre pour tenter de la maîtriser.

— Un peu plus haut, s’il te plaît…

Il referma sa bouche sur la pointe de son oreille.

— Je constate que tu es toujours aussi polie.

Gênée, elle se dégagea de son étreinte. Était-elle si prévisible ? Était-elle une personne qui faisait tout pour satisfaire les autres, même au lit ? À cette idée, des larmes lui montèrent aux yeux.

Bon sang, pourquoi pleurait-elle ?

Il tendit la main vers elle mais elle recula.

— Ne t'inquiète pas, *qalbi*, je ne vais pas te chasser de mon lit pour avoir dit s'il te plaît.

Elle se mordit la lèvre et ravala ses larmes.

— Et si je n'ai pas envie d'être polie ?

— As-tu une aversion soudaine pour les bonnes manières ?

— J'ai une aversion soudaine pour le fait de… Pour le fait d'être prévisible.

Toute sa vie, elle avait fait le nécessaire pour rendre les autres heureux, plus particulièrement son père. Et à la minute où Akeem n'était pas venu la chercher, neuf ans plus tôt, ce dernier avait su qu'elle resterait toujours avec lui, parce qu'elle était prévisible.

Elle ferma les yeux, bloquant le regard qui l'observait avec intensité. Cette soirée lui était entièrement consacrée, elle ne devait pas l'oublier, mais comment en profiter si elle ne savait pas comment se mettre en avant ?

— Je crois que… Je ne suis pas prête.

Non, elle n'était pas prête.

Pendant neuf ans, Akeem avait vécu dans sa tête. Sa bouche, ses doigts, ses caresses… Et aujourd'hui, il était à portée de main, elle pouvait le toucher, son Akeem, son ami, son petit ami, son amant d'un jour.

Elle ferma les yeux, ravalant la boule de nervosité qui bloquait sa gorge. Son émotion était à son comble.

Il n'était plus son Akeem. Il était celui qui lui avait brisé le cœur et, ce soir, il lui réclamait juste une nuit de plaisir afin de pouvoir tourner la page, clore un chapitre.

Mais c'était à elle seule de tourner la page, à elle seule de trouver le moyen de tourner la page ! Être dans ses bras, dans son lit, n'était pas une manière de clore un chapitre, ni de trouver du plaisir un jour de deuil.

— J'attendrai que tu sois prête.

Elle rouvrit les yeux. Il lui donnait le contrôle.

— Quand tu seras prête…

Il promena le bout de son pouce sur sa joue avec une tendresse qui démentait la dureté qu'il dégageait.

— Quand je serai prête ?

— Lorsque tu me donneras le feu vert, *qalbi*, je t'offrirai un plaisir inouï.

Une partie d'elle avait envie de boire sa promesse sur ses lèvres et de prendre les devants, mais elle se retint.

— Pour le moment, repose-toi, *qalbi*, continua-t-il avant de la lâcher.

Puis il s'éloigna, et elle s'effondra.

En l'arrachant à sa vie pour la plonger dans la sienne, il lui avait fait perdre la tête.

Non. Elle était montée dans l'avion parce qu'elle le voulait, se rappela-t-elle en se reprenant. Elle désirait Akeem. Elle rêvait de vivre un moment qui n'appartiendrait qu'à elle. En revanche ce moment ne se passerait pas entre ces draps dorés parce qu'elle n'était pas prête, et il le savait.

Elle se dirigea vers le lit, enleva ses chaussures et arracha le couvre-lit. Ensuite, tout habillée, elle s'allongea et remonta les draps dorés jusqu'à son menton.

Quelque chose la chiffonnait dans la façon dont Akeem la regardait et dont il anticipait ses besoins. Personne n'avait jamais fait preuve d'autant de bonté envers elle. D'habitude, c'était elle qui s'occupait des autres. Mais Akeem… Il avait compris qu'elle avait besoin de repos avant même qu'elle ne s'en rende compte. Il avait compris qu'elle avait besoin de contrôler les événements.

Akeem la comprenait comme personne.

3.

Akeem avait eu raison, tout à l'heure. Elle avait besoin de se reposer. Mais maintenant… Maintenant, une incroyable énergie la consumait.

Décidée, elle se dirigea vers la porte, appuya sur le pavé tactile pour l'ouvrir puis pénétra dans le salon avec autant d'assurance que possible. Hélas, sa détermination vacilla presque aussitôt. L'autorité naturelle que dégageait Akeem la cloua sur place.

Celui-ci s'était changé. Il avait abandonné son costume au profit d'une élégante tenue traditionnelle noire et d'un bandeau couleur or.

Elle le dévisagea, et il l'imita. Son regard perçant l'étudia, allant et venant sur le tissu d'un vert profond qui recouvrait chaque centimètre de sa peau, s'attardant sur le voile brodé d'or qui couvrait ses boucles, sur les manches longues qui flottaient autour de ses bras puis sur les jambes évasées de son pantalon.

Elle inspira pour rassembler son courage et prononcer les mots qu'elle avait répétés dans sa chambre.

— Je suis prête.

Il se leva et, en quelques pas, vint se planter devant elle.

— Prête pour quoi ?

Son regard brûlant se posa sur ses lèvres sensuelles. Il ne l'embrassait pas et, pourtant, elle pouvait sentir ses lèvres sur son cou. Chaque baiser qu'ils avaient partagé autrefois était toujours imprimé en elle.

Elle n'avait plus qu'une idée en tête, sentir à nouveau ses

lèvres sur elle, sur sa peau en feu. Voilà pourquoi elle l'avait suivi. Elle voulait…

— Toi.

Pour toute réponse, Akeem la prit dans ses bras, et par magie sa respiration accéléra, les battements de son cœur s'emballèrent. Comme ensorcelée, elle enroula ses jambes autour de sa taille.

— Montre-moi que tu es prête pour moi, *qalbi.*

— Comment ?

— Enlève tes vêtements. J'ai envie de te voir nue, sur le trône.

À ces mots, sa poitrine se serra. Avait-elle bien entendu ? Elle déglutit pour essayer d'atténuer la sécheresse soudaine de sa gorge.

— Je croyais que tu voulais attendre que nous soyons dans ton lit ?

Le doigt expert qui allait et venait avec légèreté le long de sa gorge s'arrêta brusquement.

— Après réflexion, tu n'es peut-être pas prête.

— Bien sûr que si !

— Pas de panique, la rassura-t-il avec un sourire. Je n'ai pas besoin de te posséder dans un lit pour te donner du plaisir. Ici…

— Ici ? Dans le salon ? Quelqu'un pourrait nous voir !

— Personne n'entrera sans ma permission.

Il esquissa un sourire malicieux.

— Allez, déshabille-toi.

Sans attendre qu'elle obéisse, il retira son bandeau et le jeta au sol avant de se déshabiller, totalement.

— Tu es nu…

Incapable de résister à la tentation, elle le dévora du regard. Elle admira chaque détail de son corps d'Apollon. Ses bras puissants, ses abdominaux parfaitement ciselés… Et sa virilité, impressionnante.

— Ma nudité ne te gêne pas ?

— Non.

Sa réponse était à peine audible. Sa bouche était sèche, son souffle rauque. Il était si beau… Elle mourait d'envie de tendre la main et de le toucher comme elle l'avait fait neuf ans auparavant, de caresser les muscles durs de son abdomen et d'embrasser sa peau brûlante.

Neuf ans plus tôt, elle lui avait fait une confiance aveugle. Aujourd'hui, elle avait envie de retrouver sa confiance de jeune fille mais dans son corps de femme.

Debout devant le trône, elle retira ses chaussures. Puis, en silence, sans jamais le quitter du regard, elle se débarrassa de ses vêtements et de sa retenue. Jamais elle ne s'était sentie aussi forte et libre.

— Enlève ton soutien-gorge.

Elle le dévisagea et remarqua les lueurs de défi dans son regard noir.

Depuis qu'il était entré dans le pub, il la provoquait sans cesse, il l'obligeait à faire face à ses contradictions. Il comprenait ses doutes avant même qu'elle ne les exprime, il lisait en elle comme personne. Maintenant, elle était enfin prête, et il le savait.

Enfant, puis adolescente, elle avait l'impression d'être invisible, pour son père, pour ses professeurs qui n'avaient jamais perçu ses difficultés, pour ses collèges de travail. Akeem était le seul à lire en elle, à voir ses qualités, à comprendre ses besoins. Il était le seul à voir la véritable Charlotte.

Mue par une confiance qu'elle n'avait pas ressentie depuis cette époque, elle fit glisser les bretelles de son soutien-gorge sur ses épaules puis le dégrafa. Son regard étincelant glissa instantanément sur sa poitrine et, comme par magie, ses tétons durcirent. Ils se tendirent à l'extrême.

Excitée et terrifiée à la fois, elle saisit l'élastique de sa culotte entre deux doigts. Elle voulait être vue. Elle voulait qu'il la regarde. Partout.

— Non, pas ça, lança-t-il, la stoppant net dans son élan.

— Alors embrasse-moi.

Après tout, n'était-ce pas ce qu'elle désirait ? Un baiser pour lui rappeler qu'elle était vivante en ce jour de deuil.

— Sache que je ne vais pas me contenter de t'embrasser, murmura-t-il en l'attirant dans ses bras. Je vais te dévorer.

Sans attendre sa réponse, il s'empara de sa bouche et, affamée, elle l'embrassa avec gourmandise, déversant tout son désir dans le baiser. Il la poussa ensuite sur le trône avant de se mettre à genoux devant elle.

— Maintenant je vais te goûter. Je vais t'embrasser là où j'en ai le plus envie.

Il glissa une main entre ses cuisses, et elle se mit à haleter. Sous le choc, sous le charme, elle agrippa ses épaules. Sa température était en train d'atteindre des sommets. Elle n'était plus qu'une boule d'émotions.

— Akeem…

Il ne répondit pas. Il ne parlait pas avec des mots mais avec ses mains. Ses caresses aussi douces que des plumes lui racontaient des histoires, elles l'ensorcelaient.

Il embrassa son intimité, et son sang se mit à rugir dans ses veines, comme un torrent en furie que plus rien ne pouvait arrêter.

Leur relation n'avait jamais été aussi sauvage, autrefois. Aujourd'hui, cependant, elle le voulait ici, entre ses jambes. Elle voulait plus que ses baisers enflammés, elle voulait le sentir en elle. Son corps criait famine.

— Akeem !

En feu, elle s'arc-bouta et poussa un cri. Des milliers de sensations exquises étaient en train d'exploser en elle, des sensations brûlantes, aveuglantes qui lui donnaient le vertige.

La bouche d'Akeem continua à se déplacer sur elle avec une précision de maître. Ses baisers étaient magiques, ils la transportaient mais ils ne la comblaient pas. Elle voulait plus, elle voulait sentir sa virilité en elle. Maintenant.

À bout de souffle, elle rejeta la tête en arrière.

— Ma culotte…

— Ça ? demanda-t-il avec malice en tirant doucement sur l'élastique et en le faisant claquer sur sa peau.

Elle rougit, la chaleur remontant depuis la vallée de ses

seins jusqu'à ses joues, tandis que sa voix aux notes pures et rauques la pénétrait au plus profond de son être et l'hypnotisait.

— Retire-la, le supplia-t-elle, impatiente.

— Quel est le mot magique, Lottie ?

— S'il te plaît, rugit-elle.

La chaleur et l'excitation se propagèrent depuis ses orteils jusqu'à ses lèvres frissonnantes alors que, millimètre par millimètre, il la débarrassait de sa culotte.

Il accrocha ses chevilles aux accoudoirs incrustés de pierres précieuses du trône puis il enfouit son visage dans ses boucles sombres, promena sa langue le long de ses replis intimes et s'attarda sur son bouton de plaisir. Envoûtée par ce plaisir intense, elle s'agrippa à ses épaules. Tous ses muscles étaient tendus, tous ses sens pétillaient. Elle était en train de se consumer.

À bout, elle se mordit la lèvre. Elle serra les dents alors que sa langue continuait à savourer son intimité et que ses mains allaient et venaient partout sur son corps en feu. Puis, peu à peu, elle perdit le contrôle. Des explosions se mirent à rugir partout en elle. Quand l'avion se posa brusquement sur la piste, elle ignora même le rebond, elle avait perdu tout contact avec la réalité. Elle était au paradis.

— Maintenant, murmura Akeem, à chaque fois que tu diras s'il te plaît, tu verras mon visage.

Pour toute réponse, elle ouvrit un œil et, rêveuse, lui sourit.

— Nous sommes arrivés, *qalbi*.

Ses paumes, douces mais fermes, replacèrent délicatement ses pieds sur le sol.

Elle secoua la tête pour tenter de se reprendre et de revenir à la réalité. Elle ne se reconnaissait plus. Pour la première fois depuis des années, elle se sentait… vivante.

— S'il te plaît… Je veux plus.

— Plus ?

Il esquissa un sourire en coin.

— Nous aurons tout le temps pour plus, répondit-il, debout devant elle, sa virilité tendue fièrement vers elle.

Son instinct la poussait à l'attraper et à l'attirer vers elle, à le supplier de lui faire toucher les étoiles une nouvelle fois. Elle mourait d'envie de le goûter, de le séduire jusqu'à ce qu'il perde la tête.

— J'ai l'impression que le plaisir te rend audacieuse.

Elle riva ses yeux aux siens. Non seulement Akeem la regardait mais il la voyait. Autrefois, personne n'avait jamais fait passer ses besoins en premier, pas même lui. Aujourd'hui, seul comptait son plaisir alors, peu à peu, elle oublia toute retenue. Le désir qu'elle éprouvait lui donnait des ailes, il la rendait confiante. Il lui donnait le courage de s'asseoir sur un véritable trône, nue, sans rougir.

Pourquoi ? Parce que, ici, elle n'était plus invisible. Dans ses yeux, elle se sentait vivante et puissante. Aussi libre qu'une amazone.

— Tu as raison, le plaisir me rend audacieuse.

Mue par un désir inédit, elle prit son sexe durci entre ses mains. À son tour de le faire exploser de plaisir.

— J'aime te savoir audacieuse.

Il prit sa main et la posa sur son torse.

Ses doigts parcoururent ensuite ses abdominaux parfaitement ciselés sous la fine toison brune. Sa peau était si douce, si dure… Émue, elle ferma les yeux. Était-elle en train de rêver ?

Il serait si facile de succomber, d'oublier la réalité et de savourer le plaisir en oubliant qui il était, qui elle était, en oubliant le monde extérieur.

— Le plaisir me donne envie d'oublier.

— Oublier quoi ?

— Tout, répondit-elle dans un cri du cœur.

Son regard ne lui permettait pas de masquer la moindre de ses pensées. Il était même si perçant qu'elle baissa les yeux pour s'abriter de l'intensité angoissante de ses prunelles.

— Tout, toutes mes questions, tous mes doutes… Mais demain, quand je rentrerai chez moi, tout sera encore là.

Sauf toi, termina-t-elle en silence. Le chagrin et les regrets seraient toujours présents, eux.

Ici, ils étaient dans une bulle, dans une brume de plaisir qui les maintenait hors du temps. Mais dès le lendemain, dès que le soleil se lèverait, ils se sépareraient, pour toujours.

Il la libéra, et elle le regarda se diriger vers l'un des canapés, attraper un plaid brodé et la couvrir avec.

— Ne pense pas à demain.

Il n'avait pas tort. Pourquoi ne se laisserait-elle pas aller, pendant ces vingt-quatre heures ? Pourquoi ne s'autoriserait-elle pas à flotter sur un nuage de plaisir, enfermée dans une bulle d'illusions ?

Mais si elle se laissait flotter trop loin, trop haut, et s'il faisait éclater la bulle avant qu'elle ne soit prête, s'en remettrait-elle ? Sans doute pas. La seule solution était donc de faire éclater la bulle elle-même, elle n'avait pas le choix. Elle devait se protéger du plaisir qu'Akeem pouvait lui donner et du pouvoir de celui-ci.

— Autrefois, tu m'as déjà fait tout oublier, murmura-t-elle, les souvenirs la rattrapant.

Ses yeux sombres se posèrent sur elle.

— En effet. C'était avec ma langue.

— À l'orphelinat Saint-John.

Il s'agissait d'un souvenir heureux, elle n'en avait pas beaucoup. Les mauvais souvenirs prenaient souvent le dessus sur les bons. Aujourd'hui, cependant, elle voulait s'en souvenir et surtout, elle voulait que lui s'en souvienne.

— Tu m'as laissée te dessiner, lui rappela-t-elle. Ce jour-là, nous étions assis tous les deux sous le grand chêne, dans le jardin de l'orphelinat.

Par sa présence, il lui avait offert une échappatoire et, si elle avait pu, elle serait restée là pour toujours, sous le chêne, avec ses crayons et son papier. Avec Akeem.

Aujourd'hui, elle resterait avec lui pendant vingt-quatre heures mais elle se protégerait car elle savait que le conte de fées prendrait fin. Ensuite, elle pourrait retrouver le cours de sa vie et tenter de poursuivre ses rêves.

Songeuse, elle posa sa main sur sa joue.

— J'aimerais te dessiner à nouveau, osa-t-elle soudain en déplaçant son pouce le long de sa mâchoire carrée, la caressant à travers sa courte barbe jusqu'à ce qu'elle arrive à sa bouche.

Elle avait dessiné cette bouche de nombreuses fois, au cours de leur séjour à l'orphelinat.

Depuis neuf ans, elle n'avait pas dessiné une seule fois, pas depuis que son père avait détruit tous ses portraits d'Akeem.

Les seuls souvenirs qu'elle avait de lui étaient gravés dans son esprit, mais dessiner ce nouvel Akeem, plus âgé, plus mûr, lui rappellerait la jeune fille qu'elle avait été.

Autrefois, Akeem l'avait aidée à oublier qui elle était. Aujourd'hui, peut-être pouvait-il l'aider à déterminer qui elle voulait être, qui elle pourrait devenir une fois cette journée terminée.

Elle était encore capable de dessiner, et de rêver. Rien ni personne ne l'empêcherait plus désormais, sauf elle-même.

Trois coups secs sur la porte la ramenèrent soudain au présent. Akeem laissa échapper un juron puis, d'un signe de la tête, lui ordonna de rester silencieuse. Tout à coup, il se comportait comme un roi et plus comme un amant. Apparemment, leur bulle de bien-être venait d'exploser.

Déçue, elle resserra ses doigts autour du plaid, sa protection de fortune.

— N'entrez pas, cria Akeem.

Sa voix était maintenant contrôlée, autoritaire.

Curieuse, elle ouvrit la bouche pour l'interroger mais, avant qu'elle ne puisse prononcer le moindre mot, il pressa ses lèvres contre les siennes, comme une promesse.

Une nouvelle promesse.

Ce n'était pas la perspective d'affronter la réalité à laquelle elle n'était pas préparée, et ce n'était pas la personne qui menaçait de franchir la porte, et de la découvrir à moitié nue, qui l'effrayait, c'était lui, Akeem.

Debout devant elle, cachant sa nudité avec la sienne, il la protégeait. Il faisait ainsi ce que personne d'autre n'avait jamais fait.

Sans un mot, il se retourna et se dirigea vers les doubles portes en verre obscurci, l'abritant toujours des regards avec son corps.

Même nu, il dégageait un incroyable charisme que seul le fils d'un roi pouvait posséder.

Sa respiration s'apaisa un peu. Qui que ce soit qui franchisse ces portes, le roi la protégeait. Elle n'avait aucune raison d'avoir peur.

Il avait fait une erreur, une terrible erreur qui risquait de provoquer un scandale.

Dès que ces portes s'ouvriraient, Charlotte ne serait plus son secret, car ici, devant lui, se tiendraient ses hommes. Aux yeux de ceux-ci, il deviendrait aussitôt le digne fils de son père.

Non, c'était pire. Il deviendrait son père.

Un roi pouvait bien agir à sa guise mais pas le genre de roi qu'il voulait devenir lui, un roi incarnant le *self-control*.

Il serra les poings pour se maîtriser.

Hors de question de suivre son instinct. Malgré sa colère, il ne chasserait pas ces hommes. Ils méritaient le respect que son père ne leur avait jamais montré.

Lui, l'orphelin, l'héritier du trône, était plus fort que son père. Il était meilleur, non pas à cause de lui, mais malgré lui. Le règne de son père avait été celui de l'insouciance mais cette époque était révolue.

Il bomba le torse pour bloquer la vue des hommes.

— Votre altesse… commença le chef de sa garde royale en rougissant tandis que les trois hommes derrière inclinaient la tête.

— Mon peuple va-t-il bien ?

— Oui.

— Le palais est-il toujours debout ?

— Oui, il est tel que vous l'avez laissé.

— Le soleil se couche-t-il toujours à l'ouest ?

— Il se couchera dans une heure, votre altesse.

— Si je comprends bien, il n'y a aucun problème. Tout va bien.

Gêné, l'homme baissa la tête. Aussitôt, il s'aperçut que son futur roi était nu et écarquilla les yeux.

— Je... Oui.

L'air commença à lui manquer. Il ne pouvait ni nier, ni tenter d'expliquer ce qui s'était passé dans ce salon, sans aggraver la situation. Dans les yeux de ses hommes, il rejouait le rôle de son père. À cet instant, il ne valait pas mieux que ce dernier.

Il serra les dents.

Hors de question que cet épisode marque le début de la fin de son nouveau règne. Il ne se conduirait pas comme son père. Ses hommes méritaient mieux, et son peuple aussi. Il allait prouver à tous que l'illégitime prince héritier était digne de la couronne. Et pour garder sa réputation intacte et faire comprendre à son peuple qu'il ne céderait jamais à ses instincts les plus bas, il n'avait qu'une seule solution.

Il se rapprocha de ses hommes.

— Vous imaginez interrompre le roi et votre future reine simplement pour leur dire que le ciel est bleu ?

— Votre altesse...

Il secoua la tête pour abréger la gêne de son garde du corps.

— Que l'hélicoptère soit prêt dans quinze minutes.

Il appuya sur le bouton, refermant les portes avant de lâcher un long soupir. Une décennie à ignorer ses sentiments, ses besoins, pour quoi ? Pour tout risquer à cause d'un moment d'égarement ?

Il lâcha un long soupir avant de se retourner vers Charlotte. Tout ça pour elle ?

Il la dévisagea. Elle était debout, ses cheveux descendant en cascade sur ses épaules nues et sur ses seins. Sa peau brillait d'un éclat aussi irisé que les pierres précieuses du trône.

— Tout va bien ?

— Tu me demandes si tout va bien ?

— Oui, c'est la question que je t'ai posée.

Personne ne lui posait jamais cette question. Ses sentiments n'avaient pas d'importance, seul comptait son devoir.

Elle s'arrêta devant lui, si près que son parfum l'enivra. Quel pouvoir possédait-elle pour qu'un roi ne soit plus qu'un homme ordinaire devant elle ? De quel talent était-elle doté pour le faire redevenir un petit enfant.

Le plaid glissa de ses épaules et, sans réfléchir, il le rattrapa, essayant de ne pas se laisser absorber par le spectacle envoûtant de ses courbes parfaites, de ne pas se souvenir de ce qu'elle avait ressenti au bout de ses doigts.

— Est-ce grave si tes hommes nous ont vus ?

— Oui, répondit-il en sentant les braises du feu qu'ils avaient partagé menacer de s'enflammer à nouveau.

Elle s'accroupit pour ramasser les vêtements qu'ils avaient jetés au sol avant de le dévisager.

— Dis-moi ce que tu ressens.

— Les sentiments n'ont pas leur place ici.

Ses vêtements à la main, elle se retourna et l'interrogea du regard.

— La couronne doit passer avant les sentiments ou les émotions, Charlotte. Le devoir passera toujours en premier !

Charlotte Hegarty avait retiré l'adhésif qui maintenait sa vie en place et avait révélé la vérité. Et il avait suffi d'un seul faux pas de sa part pour découvrir qu'il était toujours l'esclave de ses pulsions primitives, qu'il était toujours faible.

Le contact soyeux de sa main sur la sienne le fit revenir au présent.

— Est-ce qu'ils m'ont vue ?

Aux yeux des membres de la garde royale, il ne valait désormais pas mieux que son père.

Et s'il faisait quelque chose que son père n'avait jamais fait ? Et s'il faisait d'elle sa reine ? La reine du peuple…

Après réflexion, il n'y avait pas d'autre issue possible.

— Je te rassure, ils n'ont vu que moi.

Ils n'avaient vu que lui mais ils avaient forcément deviné qu'il n'était pas seul.

— Tu étais nu…

— En effet.

— Et j'étais sous ce plaid…

Elle riva son regard au sien avant de reprendre.

— Merci de m'avoir cachée.

— Attends avant de me remercier.

En une enjambée, il la rejoignit. Il s'approcha si près d'elle que son parfum lui monta à la tête.

Cet épisode avait changé la donne. Désormais, il ne s'agissait plus de prendre sa revanche mais d'écouter son devoir.

— Tu ne vas peut-être pas aimer ce qui va suivre, reprit-il en la prenant par la taille et en la mettant sur son épaule.

— Akeem !

Oui, il avait sauvé Charlotte de l'embarras, mais il ne pouvait nier l'horrible vérité. Il avait été surpris en train de se comporter comme son père. Jamais il ne se permettrait de se retrouver une nouvelle fois dans une telle situation de vulnérabilité.

— Que fais-tu ?

— Je te ramène dans ta chambre.

— Tu ne peux pas me renvoyer dans ma chambre simplement parce que tu n'aimes pas ce que je dis. J'ai le droit de savoir ce qui va se passer.

Il poussa la porte avec son pied puis se dirigea vers le lit et la fit glisser sur le matelas.

— Habille-toi et attends-moi.

Il se retourna, chassant de son esprit l'image d'une Charlotte nue, alanguie sur ce lit.

Si seulement il pouvait être un homme comme les autres, autorisé à écouter son désir… Malheureusement, il n'était pas cet homme ordinaire, il était le fils d'un roi, un prince héritier.

Un prince héritier qui, quelques minutes plus tôt, avait cédé à ses instincts les plus bas.

— Je ne comprends pas, cria Charlotte.

Il s'arrêta et la regarda. Elle avait l'air si perdue, si vulnérable, que les remords l'envahirent. Lui seul était responsable de son trouble.

— S'il te plaît, *qalbi.*

Il avait besoin d'un moment pour réfléchir au futur, et surtout pour se réconcilier avec l'image du roi qu'il avait passé presque une décennie à devenir.

— Tu comprendras plus tard.

— Quand ?

— Bientôt, lui promit-il. Habille-toi et attends-moi.

La tête basse, il referma la porte derrière lui et se dirigea vers sa suite.

Il avait exigé sa nuit de vengeance et il avait été près de la victoire, mais à quel prix ?

4.

Toute sa vie, elle avait attendu. Pendant des jours et des jours, elle avait attendu que son père rentre sain et sauf à la maison, et puis elle avait attendu Akeem. Le dernier soir, elle l'avait attendu longtemps… Malgré sa promesse, Akeem n'était pas venu la chercher pour qu'ils s'enfuient.

Après tout, pourquoi serait-il venu ? Il avait eu ce qu'il désirait, son corps. Il était donc parti. Il avait disparu jusqu'au jour où il avait à nouveau voulu quelque chose d'elle.

Tremblante, elle se pencha pour enfiler ses sous-vêtements. Elle pouvait toujours sentir les baisers d'Akeem à travers sa culotte, et ce simple souvenir faisait battre son cœur à un rythme effréné.

Elle ramassa son pantalon et se glissa dedans.

Dans toutes ses relations, elle avait donné et donné encore, mais plus jamais elle ne livrerait son cœur.

De toute façon, elle n'avait plus rien à offrir, à personne.

Elle avait voulu une nuit, une seule nuit pendant laquelle elle aurait fait passer ses désirs en premier, et où cette stupide décision d'être égoïste l'avait-elle menée ?

Elle lâcha un long soupir.

Elle ferait mieux de rentrer chez elle. Elle en avait assez d'attendre, elle ne croyait plus aux promesses. Après tout, ce qui comptait, c'était le moment présent, non ?

Elle ouvrit la porte de la chambre, jeta un coup d'œil dans le couloir et sortit. Elle descendit quelques marches et aperçut soudain une porte, au milieu de cet escalier. Était-ce un ascenseur ?

Apparemment.

Les portes de l'ascenseur s'ouvrirent lentement et, retenant son souffle, elle demeura immobile, anxieuse.

— Pourquoi te caches-tu ici ?

Imperturbable, Akeem venait d'apparaître devant elle, toujours aussi beau, toujours aussi parfait.

En le voyant à ce point détendu, une étincelle s'alluma en elle.

S'occuper de son père pendant tant d'années lui avait appris à écouter avant de réagir. Aujourd'hui cependant, hors de question d'attendre. Hors de question de se retenir. Impossible. Elle allait se libérer de ce self-control qui lui avait permis de rester debout chaque fois que son père s'en prenait à elle.

Décidée, elle avança vers lui. Jamais elle ne s'était sentie aussi calme et déterminée en même temps.

Elle leva le bras, la paume ouverte et…

Akeem attrapa son poignet en plein vol.

— Tu ne vas tout de même pas frapper le roi.

— Ce n'est pas le roi que je veux gifler, rétorqua-t-elle, sa main à quelques centimètres de sa joue. C'est toi. Pas le roi qui possède un avion plus grand qu'un immeuble d'habitation. Toi !

— Je suis un seul et même homme.

Maintenant son poignet prisonnier dans sa main, il s'approcha jusqu'à ce qu'ils soient nez à nez.

— Me frapper est un délit passible d'arrestation.

— Alors livre-moi à la police et laisse-moi me débrouiller toute seule. Après tout, tu l'as déjà fait.

À ces mots, il recula, rompant le contact entre leurs deux corps palpitants.

— Je ne t'ai jamais quittée.

Elle laissa échapper un rire nerveux.

— Tu viens pourtant de le faire ! Bon, maintenant, ramène-moi à la maison.

— Impossible.

— Pourquoi ? L'avion a besoin de carburant ?

Pour toute réponse, il secoua la tête.

— Alors pourquoi ? Tu es le roi, tout est possible pour toi.

— Je ne suis pas encore roi, *qalbi.*

— Je ne comprends pas. Qu'es-tu en train de dire ?

— Tout à l'heure... L'espace de quelques minutes, j'ai oublié mon devoir et je suis devenu l'homme que je ne voulais pas être.

— Un homme comme ton père ?

Il soupira.

— Le fait qu'ils nous aient vus renforcera les doutes de mon peuple. Tout le monde imaginera que mon règne sera identique au sien et que je ferai passer mes désirs avant les besoins de la population.

— Ils n'ont sans doute pas tort, répliqua-t-elle tout de go. Tu voulais me cacher le temps de coucher avec moi, juste pour satisfaire ton désir. J'aimerais d'ailleurs comprendre pourquoi.

— Parce que je n'ai pas pu m'en empêcher, répondit-il en la regardant droit dans les yeux. C'est aussi simple que cela.

— Moi non plus je n'ai pas pu m'en empêcher, mais cela ne répond toujours pas à ma question.

— Peux-tu expliquer l'intensité de l'alchimie qui règne entre nous ?

Le pouvait-elle ? Neuf années avaient passé, une éternité, mais... Non, elle ne pouvait pas l'expliquer. L'alchimie était toujours là, toujours aussi puissante.

— Si tu ne souhaitais pas être vu avec moi...

L'émotion lui noua la gorge. Sans doute craignait-il d'être aperçu avec la fille d'un alcoolique, une moins que rien. Elle n'était pas sa future reine, elle était juste une erreur. Malgré tout, elle avait besoin de comprendre pourquoi il avait pris un tel risque. Jusqu'à présent, elle ne lui avait pas posé la question, elle avait été trop concentrée sur ses propres motivations mais, maintenant, elle ne parvenait plus à cacher sa curiosité.

— Pourquoi t'être mis dans une telle position de vulnérabilité alors que tu ne voulais pas te faire prendre ?

— Mon père a passé sa vie à être imprudent. Seul comptait son plaisir…

— Et tu voulais goûter à cette vie ?

— Non !

— Alors que désirais-tu ?

— Une nuit.

— Tu as risqué ta réputation pour une seule nuit ? Nous ne sommes même pas allés jusqu'à ton lit !

— Peu importe, mon lit est désormais hors limites. La situation a changé.

Elle lâcha un rire désabusé.

— Comment oses-tu m'arracher à ma vie, m'emmener à des milliers de kilomètres dans un royaume dont je n'ai jamais entendu parler et ensuite me considérer comme l'unique responsable de la situation ?

Elle commençait à en avoir assez.

— La situation a changé parce que tu vas devenir ma femme.

— Ta… Ta femme ?

S'il s'agissait d'une blague, elle n'était pas drôle.

— Je suis une aventure d'un soir, pas ta future reine !

Elle laissa échapper un long soupir, se forçant à évacuer le poids qui pesait tout à coup sur sa poitrine, sur son cœur.

— Je refuse de continuer à jouer.

Cette histoire était terminée avant même d'avoir commencé. Akeem était prince, et elle était la fille d'un alcoolique.

— Je n'ai rien à faire ici, je n'appartiens pas à ton monde alors ramène-moi chez moi, s'il te plaît.

— Il est trop tard. Lorsque tu poseras le pied sur ma terre, ce sera en tant que future reine.

Abasourdie, elle le dévisagea, bouche bée. Elle n'en revenait pas. Il ne s'agissait donc pas d'une blague.

— Tes gardes auraient pu te surprendre avec n'importe qui…

— Mais tu n'es pas n'importe qui.

— Aurais-tu épousé une autre femme ?

— Non.

— Pourquoi pas ?

— Parce qu'il n'y a jamais eu que toi, *qalbi* !

Sa tête se mit à tourner.

— Si tu n'as connu aucune autre femme, comment peux-tu savoir que tu es capable de me donner un plaisir extrême ?

Elle insistait. Elle avait besoin de comprendre.

Pourquoi lui disait-il qu'il n'avait pas connu d'autres femmes ? Pour la persuader de l'épouser ? Son destin n'était pas de devenir reine ! Selon son père, son destin était d'échouer, et il avait raison. La seule fois où il avait eu besoin d'elle, elle était absente. Résultat, il était mort.

Une reine, elle ? L'idée était ridicule !

— Tu ne peux pas le savoir, répondit-elle à sa place.

Ses mensonges ne suffiraient pas à la convaincre de l'épouser. Malgré ce qu'il affirmait, il ne voulait pas d'elle dans son lit, encore moins dans sa vie !

— Alors pourquoi… ?

Elle s'interrompit, perdue. Elle ne trouvait pas les bons mots.

Elle savait pourquoi elle n'avait pas connu d'autres hommes, mais lui ? Le fils d'un roi avait tu ses désirs ? Cela n'avait aucun sens.

— Seul compte mon devoir, répondit-il enfin. Mon peuple a besoin de stabilité, pas d'un roi qui ne pense qu'à son plaisir.

— Mais aujourd'hui…

— Aujourd'hui, j'ai commis une erreur.

Elle fronça les sourcils et continua à le dévisager.

— Est-ce pour cette raison que tu me voulais dans ton lit ? Parce que je représente une vie que tu ne peux pas avoir ?

— Oui. C'est exactement pour cette raison je te voulais dans mon lit, *qalbi*, parce que je savais que lorsque tu le quitterais, au matin, le garçon que tu avais connu aurait disparu. Pour toujours.

— Cela n'a aucun sens.

— Peu importe si cela n'a pas de sens pour toi.

Elle était tellement frustrée qu'elle avait envie de crier. Elle se retint néanmoins et croisa plutôt ses bras devant sa poitrine.

Akeem avait raison sur un point, peu importait qu'elle comprenne ou non la situation. Ce qui comptait, c'était qu'elle était ici.

Ils étaient tous les deux ici.

— Notre mariage prouvera à mon peuple que je suis digne d'être roi.

— Tu penses qu'en faisant de moi ton épouse, la reine, tu offres à ton peuple la stabilité dont il a besoin ? Et ma vie, Akeem ? Je ne peux pas tout abandonner d'un claquement de doigts !

— Tu n'as pas de vie.

Elle n'avait pas de travail et bientôt, elle n'aurait même plus de logement, il le savait. Toutefois, elle ne lui avait pas avoué qu'elle n'avait pas d'amis et que sa vie était vide maintenant qu'elle n'avait plus à s'occuper de son père. Il lui restait cependant ses rêves et plus rien ne l'empêchait de les poursuivre.

— Bien sûr que si, j'ai une vie. Je vais aller à l'université, lui annonça-t-elle avant même d'avoir réfléchi à cette question. Je vais m'inscrire à la rentrée prochaine. J'ai l'intention d'obtenir un diplôme d'art plastique.

— Comment payeras-tu les frais de scolarité ?

Elle ferma les yeux. D'une voix aussi douce que de la soie, comme si de rien n'était, il venait de briser ce vieux rêve qu'elle venait à peine de ressusciter.

Elle avait toujours utilisé son père et le manque d'argent comme excuse pour ne pas poursuivre ses désirs. Aujourd'hui, son père était décédé. Restait juste le problème de l'argent.

— Je trouverai un travail.

Jusqu'à présent, elle n'avait jamais occupé d'emploi à temps complet. À cause de son père et de ses exigences, elle avait toujours travaillé à temps partiel.

Un jour, lorsqu'elle travaillait dans un centre d'appels, elle avait appelé son patron pour lui demander s'il était possible de faire plus d'heures mais son père s'était mis à proférer de tels jurons derrière elle, que son chef avait refusé. Il l'avait même mise à la porte quelques jours plus tard.

Aujourd'hui, elle n'avait plus à se soucier de son père. Elle était seule.

— J'ai vu une annonce pour un poste dans une école primaire.

Elle fronça les sourcils, essayant de se souvenir du libellé exact de l'annonce et surtout de se rappeler pourquoi elle avait cru qu'elle pourrait obtenir ce poste. Après tout, elle n'avait pas fait d'études.

— Si je me souviens bien, il s'agit d'animer des ateliers artistiques pour des enfants.

— As-tu déjà travaillé avec des enfants ?

— Non, mais j'ai été vendeuse dans un grand magasin pendant la période de Noël, une année. Les enfants s'ennuient souvent quand leurs parents font du shopping alors je leur parlais, je jouais avec d'eux.

Voyant que les mamans débordées appréciaient ses interventions, elle s'était dit qu'elle pourrait travailler dans une école, combiner son amour de l'art et son plaisir à s'occuper d'enfants.

Son cœur s'emballa. Désormais, plus rien ne l'empêchait de se choisir une carrière. Son avenir s'éclaircissait enfin.

Elle remarqua soudain qu'Akeem souriait et son optimisme s'évanouit instantanément.

— Es-tu en train de te moquer de moi ?

Elle avait souvent été moquée, à l'école, ou traitée d'idiote parce qu'elle passait son temps à dessiner.

Peu à peu, les souvenirs la rattrapèrent. Elle revit son père éclater de rire, quand elle lui avait annoncé qu'elle rêvait de devenir artiste, ou quand Akeem l'avait abandonnée et qu'elle lui avait avoué avoir assisté à une réunion d'information concernant la formation en art plastique à l'université locale.

Après cet épisode, il avait caché tout son matériel, il avait détruit son travail et ses souvenirs. Heureusement, il lui restait ses livres alors elle les avait dévorés, passant ses jours et ses nuits à se perdre dans les contes de fées et les histoires d'amour.

— Je souris juste parce que tu me surprends. Je ne me moquerais jamais de tes rêves.

Elle serra les dents et tenta de refouler la réponse de son corps à son évidente sincérité.

— Rien ne t'empêche d'étudier ici, reprit-il. Je pourrais faire venir un professeur d'art pour te donner des cours particuliers et tu pourrais obtenir ton diplôme.

Oui, elle pourrait l'obtenir. Et elle l'obtiendrait. Aujourd'hui, plus rien ne la retenait et ne l'empêcherait de marcher vers ses rêves, de se créer une vie rien qu'à elle.

Mais quel genre de vie serait-ce ?

Une vie étriquée, une vie où son mari l'enfermerait dans sa chambre au nom du devoir ? Un mariage sans sexe et sans amour ?

Elle comprenait maintenant pourquoi il avait dit que son lit était hors d'atteinte. Le problème, c'était que l'alchimie qui pétillait entre eux n'avait pas disparu, elle était toujours aussi puissante.

Était-elle assez forte pour accepter d'être sa reine, pour l'aider à se construire une réputation de roi, tout en allant de l'avant et en menant une vie solitaire ? Et si elle choisissait de rentrer chez elle, regretterait-elle de ne pas avoir saisi sa chance ?

Rien ne l'empêchait de saisir l'opportunité, du moins si elle oubliait les personnes qu'ils avaient été neuf ans plus tôt et acceptait les personnes qu'ils étaient devenus.

Mais qui étaient-ils devenus ?

Lui était roi et elle… Elle ? Elle n'en avait pas la moindre idée.

Elle soupira. Une nuit de sexe et le mariage étaient deux choses différentes.

Si elle se fermait aux émotions qui la consumaient, si elle gardait ses distances et protégeait son cœur, elle pouvait tout à fait être la reine dont il avait besoin et obtenir son diplôme. Oui, elle pouvait y arriver.

Sa décision prise, elle prit une profonde inspiration.

— D'accord. Je vais t'épouser.

— En échange d'un diplôme, tu acceptes les conséquences de notre bêtise ?

Akeem aspira une grande bouffée d'air. Il ne se mettait plus en colère. Il gardait le contrôle en toutes circonstances. Mais l'idée que Charlotte cède à sa demande juste pour pouvoir obtenir son diplôme l'énervait.

Lui seul ne suffisait pas. Lui, en tant qu'homme, ne serait jamais suffisant. Il ne l'avait pas été pour son père, il ne l'était pas pour elle. Il était juste une conséquence, un fardeau qu'elle devrait porter. Il n'intéressait les autres que lorsqu'il avait quelque chose à donner.

— Bien sûr que non, répondit-elle enfin.

Son déni fit remonter à la surface la rage qu'il refoulait depuis si longtemps. Le temps passé dans des orphelinats lui revint peu à peu en mémoire. Foyer d'accueil après foyer d'accueil, il avait toujours été un étranger, un enfant non désiré, simplement accepté en échange d'un chèque à la fin du mois.

Jusqu'à Charlotte. Jusqu'à ce qu'elle l'enveloppe dans sa douceur et lui promette de l'aimer. Malheureusement, elle aussi avait fini par le rejeter car il ne lui avait pas offert assez. Il ne lui avait pas suffi.

Il retint son souffle. Le sentiment qu'il avait éprouvé en découvrant qu'il était un prince et que son père avait besoin de lui mais ne l'aimait pas lui revint en pleine figure.

À cette époque, il avait testé Charlotte en ne lui révélant pas son secret, et elle l'avait déçu, comme tous les autres. Aujourd'hui, elle le décevait encore, mais simplement parce qu'elle désirait ce qu'il ne pouvait lui offrir.

Il la dévisagea. Il avait besoin d'entendre ses mots.

Déterminé, il s'approcha d'elle, la forçant à reculer contre le mur.

— Si je t'avais dit, il y a neuf ans, que j'étais prince, commença-t-il en plaçant ses paumes de chaque côté de sa tête, aurais-tu fait un choix différent, *qalbi* ?

— De quoi parles-tu ?

Elle était si proche que son parfum l'enivrait. Il pouvait encore percevoir la douceur de son intimité dans sa bouche, entendre son halètement quand il avait…

— Je t'ai attendu, et tu n'es jamais venu. Je n'ai rien choisi !

Il posa un doigt sur son menton et l'obligea à le regarder dans les yeux.

— Mensonges, mensonges…

— Tu ne te souviens pas de ce jour où tu as promis de rencontrer mon père parce que tu es le puissant prince Akeem, aujourd'hui. Mon père était tellement impatient de te rencontrer qu'il m'avait envoyée acheter des gâteaux. Je n'avais jamais ramené personne à la maison auparavant. Enfin, pas par la porte d'entrée.

Le souvenir revint à sa mémoire. Il s'était faufilé par la fenêtre de sa chambre pour éviter l'homme ivre au rez-de-chaussée. Il l'avait serrée dans ses bras et lui avait juré qu'il ne la laisserait plus jamais seule.

— Il n'était jamais assez sobre, ajouta-t-elle. Et puis, je n'avais pas de véritables amis, des amis capables de comprendre que je n'étais pas comme mon père. T'inviter à le rencontrer était donc important et il s'en est rendu compte.

Elle soupira avant de reprendre.

— Quand je suis revenue du magasin, nous avons attendu tous les deux mais tu n'es jamais venu. Tu m'avais oubliée.

— Je ne t'ai pas oubliée.

Il avait remonté l'allée menant à la porte d'entrée. Il avait frappé à la porte avec la confiance d'un jeune homme amoureux. Hélas, l'amour n'avait pas été au rendez-vous.

L'amour censé vaincre tous les obstacles n'avait pas gagné.

L'amour était un mensonge et Charlotte, une menteuse.

— Comme c'est pratique que tu aies oublié ton message.

— Mon message ? Quel message ?

Il serra les poings pour lutter contre son envie de la brusquer pour qu'elle avoue enfin la vérité. Cette vérité qu'elle persistait à nier. Cette vérité qu'il avait refusée d'admettre lui aussi, jusqu'à ce que son téléphone vibre dans sa poche arrière et que le message lui prouve que chaque mot prononcé par son père venait en fait de sa bouche à elle.

Cette bouche qu'il avait embrassée si passionnément.

Cette bouche qui avait prononcé son nom, encore et encore, quand il lui avait fait l'amour.

Cette bouche qui s'était emparée de la sienne alors qu'ils touchaient les étoiles, pour la première fois, ensemble, et qu'ils s'étaient promis fidélité.

Tissu de mensonges !

— Le message que tu m'as envoyé avec ton téléphone.

— Que disait-il ?

— Tu sais très bien ce qu'il disait, tu l'as envoyé.

Elle le regarda droit dans les yeux et secoua la tête.

— Je ne t'ai jamais envoyé de message.

Avait-elle oublié ? Avait-il été si facile à oublier ? Ne se souvenait-elle de lui que lorsqu'il avait quelque chose à lui offrir ?

La colère explosa en lui.

— Comment oses-tu te tenir devant moi et me mentir ?

Ce jour-là, il avait accusé son père de mentir, il l'avait traité d'ivrogne, l'assurant que sa Charlotte ne le trahirait jamais, elle était trop honnête, trop gentille.

— Que disait le message ? répéta-t-elle.

— « Mon père a besoin de moi. Je ne viens pas avec toi. Je n'en ai jamais eu l'intention. »

Il prononça ces trois phrases brèves à haute voix.

Quel idiot il avait été de croire qu'elle le désirait. Personne n'avait jamais voulu de lui : ni son père, ni Charlotte ! Elle avait joué avec lui.

Après cette trahison, il s'était juré que plus jamais, il ne serait rejeté. Il s'était promis de devenir meilleur, plus fort.

Quel garçon de dix-huit ans serait retourné à son ancienne vie dans laquelle il n'était personne ? Une vie dans laquelle il ne comptait pas ? Ici, il avait le pouvoir. Ici, il avait le choix. Ici, il était le protecteur de son peuple, il avait un devoir envers son pays.

Malheureusement, parce qu'il avait été imprudent, son passé avait resurgi dans son présent.

Tout cela à cause de Charlotte, cette menteuse.

— Je n'ai pas envoyé ce message, Akeem.

— S'il le faut, je te séduirai mais tu m'avoueras la vérité, rétorqua-t-il en l'attirant contre lui.

Il l'embrasserait jusqu'à ce qu'elle fonde, jusqu'à ce qu'ils ne fassent plus qu'un.

— Je dis la vérité !

Ses mots le ramenèrent au présent, et il soupira. Il était épuisé, mentalement et physiquement. Il n'en pouvait plus.

— Tu m'as laissé seul pour m'expliquer avec ton père, l'accusa-t-il, se rappelant combien il s'était battu, pour elle, jusqu'à ce qu'il reçoive le message. Tu ne t'es même pas dérangée pour me dire, en face, que tu ne viendrais pas avec moi. Tu t'es servie de ton alcoolique de père pour effectuer la sale besogne.

— Mais je… Tu n'es jamais venu…

Il ignora sa réponse et poursuivit.

— Sais-tu comment il m'a appelé ? Il m'a traité de monstre.

Au cours de son enfance, il avait été traité de bâtard, d'enfant non désiré, mais de monstre ? Jamais avant ce jour-là.

— Je venais juste d'avoir dix-huit ans, continua-t-il. Il m'a dit qu'il t'avait mise en garde contre les hommes comme moi qui profitent des jeunes filles avant de les jeter comme des malpropres. Il était d'ailleurs heureux que tu m'aies utilisé pour ton plaisir.

Les mots se bousculaient désormais. Impossible de s'arrêter, malgré la petite voix dans sa tête qui lui ordonnait de se calmer et de laisser tomber.

Cela faisait neuf ans qu'il ne pouvait pas laisser tomber, qu'il n'avait pu l'oublier.

— Il a ajouté que tu n'étais pas aussi naïve que tu le prétendais et que tu t'étais juste servie de moi. Quelques minutes plus tard, j'ai reçu la confirmation sur mon téléphone.

— Et tu l'as cru ? marmonna-t-elle, blême. Après tout ce que nous avions vécu ? Tu as fait confiance à mon alcoolique de père ?

Sa voix était calme, mais chaque mot résonnait en lui comme un coup sourd dans son cœur.

— Après tout ce que nous avions partagé, tu es parti parce que tu croyais que je t'avais trahi ? Parce que mon père l'affirmait ? Si c'est le cas, alors c'est la preuve que tu ne me connaissais pas du tout.

— J'ai cru le message envoyé depuis ton téléphone, qui annonçait que tu ne viendrais pas au rendez-vous.

Pourquoi ne l'aurait-il pas cru, alors qu'il avait été envoyé depuis son téléphone ?

— Ce n'est pas moi qui l'ai envoyé, répondit-elle en le regardant droit dans les yeux.

— Ton père t'a trahie ?

La question sortit de sa bouche avant qu'il ait eu le temps d'y réfléchir.

— Mon père… Mon père était méchant. À l'évidence, il a utilisé nos faiblesses respectives. Il m'a piégée en me faisant croire qu'il était tout pour moi, et il t'a convaincu que je ne voulais plus de toi.

— Ce n'est pas vrai.

Cela ne pouvait pas être vrai. Damien ne l'avait pas trompé.

— Je n'avais pas mon téléphone. Mon père savait que tu venais, et il m'a fait sortir de la maison, récapitula-t-elle, sa respiration s'accélérant. C'est la vérité. Tu ne le vois donc pas ?

Son cœur s'arrêta de battre. Ses poumons oublièrent de

respirer. Il avait ressassé son amertume et son besoin de se venger pendant neuf ans, pour quoi ? Pour rien !

— Si, je le vois.

Il était tellement en colère !

En colère contre elle, contre son père, contre lui-même et contre ce passé sur lequel il n'avait aucun contrôle. Damien Hegarty l'avait manipulé en lui faisant croire que Charlotte ne voulait pas de lui, et son père l'avait convaincue, elle, qu'il n'était pas venu. Ils avaient tous les deux été trompés, privés de leur destin.

Tu n'as aucun contrôle sur ta vie actuelle non plus, n'est-ce pas ? Ton père s'en est bien assuré.

Il ferma les yeux. Quel idiot il avait été…

Le rejet de Charlotte l'avait rendu vulnérable, tout comme le rejet de son propre père.

Celui-ci avait fini par revenir vers lui, parce qu'il était son seul héritier, mais Charlotte…

Elle posa sa main sur sa joue.

— Akeem…

Incapable de contenir plus longtemps les émotions qui montaient dans sa poitrine, il écrasa sa bouche contre la sienne et laissa toute sa rage se déverser en elle. Elle l'embrassa en retour, attisant en lui les flammes du désir, lui coupant le souffle, lui donnant le vertige.

Son besoin de vengeance était injustifié ?

Sa gorge se serra, et il ferma les yeux. Pendant tout ce temps, il aurait dû se concentrer sur son devoir plutôt que sur sa vengeance.

Sans doute devrait-il s'excuser, mais de quoi ? De ce qu'il avait été ? D'avoir cru qu'il ne lui suffisait pas ? À bout, il passa une main lasse sur son visage puis, se reprenant, il rompit l'étreinte et l'entraîna dans l'ascenseur.

— Cet ascenseur est révolutionnaire dans l'industrie aéronautique, lui expliqua-t-il en se forçant à se concentrer sur le présent. Mon père a toujours aimé être un précurseur.

Mais surtout, il aimait se mettre en avant. Plus haut que sa femme, ses maîtresses, son fils et son royaume.

Il appuya sur un bouton.

— Je ne suis pas mon père. Je me marierai parce que mon devoir envers mon pays l'exige mais je ne succomberai plus à la folie de la passion. Mon peuple passera toujours en premier.

Il avait besoin de se rappeler quel homme il était maintenant, et de le lui rappeler également.

— À partir du moment où nous sortirons de cet avion, tu passeras toujours en second.

5.

— Pourquoi dis-tu une chose pareille ?

À son grand regret, sa voix était faible. Elle détestait ce sentiment de vulnérabilité, cette sensation d'être invisible.

— C'est ainsi, tu dois le comprendre, répondit-il.

Elle jeta un coup d'œil vers le visage fermé de l'homme qui se tenait devant elle. Comprendre quoi ? Elle ne s'était jamais fait d'illusions, elle savait bien qu'elle passait toujours en deuxième, voire en dernier. Et maintenant, après la révélation de la trahison de son père, il lui demandait de se taire et d'obéir ? Il lui demandait de s'effacer, d'oublier ses sentiments et ses besoins, exactement comme son père ?

Eh bien, elle n'était pas d'accord !

Son père l'avait donc trahie… Elle se mordit la lèvre pour retenir ses larmes. Elle était sa fille, et il lui avait menti, il l'avait trompée ! Il l'avait manipulée pour qu'elle reste dans son ombre, pour qu'elle lui dédie sa vie en oubliant la sienne.

Elle laissa échapper un long soupir. Elle en avait assez d'oublier de vivre. Aujourd'hui, elle avait envie de mener sa vie à sa façon.

Sans réfléchir, elle appuya sur le bouton rouge. Aussitôt, l'ascenseur s'arrêta.

— Que fais-tu ?

— Tu n'as pas le droit de me parler de cette façon, rétorqua-t-elle, priant pour que le rythme effréné de ses battements cardiaques ralentisse un peu.

Elle se força à le regarder dans les yeux et à ignorer les lueurs de désapprobation qu'elle apercevait dans ses prunelles.

— Tu n'as pas le droit de me parler comme si je n'avais pas d'importance.

— Comment aimerais-tu que je te parle ?

Son ton était neutre, dénué de toute émotion, de tout sarcasme.

Elle avait aperçu de nombreuses versions d'Akeem, aujourd'hui. Il y avait d'abord eu l'homme aux baisers gourmands dont la douleur avait été aussi viscérale que la sienne lorsqu'ils avaient évoqué le passé, puis il y avait eu le futur roi, l'homme qui avait affronté leurs visiteurs inattendus sans même rougir, avant de lui demander d'être sa femme.

L'Akeem qui se tenait devant elle maintenant était ce même futur roi. Un masque de froideur et de dureté recouvrait son visage. Oui il la regardait, mais il ne la voyait pas. Il ne la regardait pas comme lorsqu'il l'avait déshabillée et lui avait fait toucher les étoiles.

Non, cet homme-là ne voyait que son peuple. Il ne pensait qu'à son devoir.

— Si j'ai bien compris, tu me demandes d'être ta reine et de t'aider à te faire respecter en tant que roi.

— Oui, et pour y parvenir, le peuple doit passer avant toi.

— Non.

— Ce point n'est pas négociable.

— Tu n'es pas le seul à pouvoir fixer les règles !

— Il est de mon devoir d'établir les règles du jeu et de les faire respecter, sans poser de questions.

— Pas avec moi. Pas après…

— Pas après ce qui s'est passé avec ton père ?

Comme dans la limousine, comme lorsqu'il lui avait ordonné de se reposer, ou lorsqu'il l'avait déshabillée dans le salon, il savait exactement ce qu'elle voulait dire, et ce dont elle avait besoin, avant même qu'elle ne l'exprime. C'était la preuve qu'il la voyait toujours, même si la couronne du devoir lui masquait la vue.

— Exactement. Mon père m'a manipulée, et j'ai sacrifié les neuf dernières années de ma vie pour lui.

Malgré sa trahison, son père lui manquait. Elle l'avait aimé.

— Ne me fais pas croire que j'ai le choix lorsque ce n'est pas le cas, poursuivit-elle. À t'entendre, il n'y a que ce que toi tu veux qui compte. En fait, tu ne vaux pas mieux que mon père.

— Je ne ressemble en rien à ton père.

— Peut-être ne veux-tu pas être comme lui mais…

— Je ne suis pas comme lui ! Ni comme mon père.

— Tu l'aimais ?

Il ne répondit pas, il se contenta de la dévisager.

— Ton père ? insista-t-elle. Tu l'aimais ? Moi, j'aimais le mien. Hélas, je ne suis pas sûre qu'il m'ait aimée.

— Arrête de comparer nos vies, elles ne sont en rien identiques.

— Au contraire, elles sont similaires, et tu ne peux pas le nier.

— Elles l'ont peut-être été autrefois, concéda-t-il, mais ce n'est plus le cas. Ton monde n'est plus le mien, et il ne le sera plus jamais.

— J'étais un accident, tout comme toi, reprit-elle. Papa et maman se sont mariés à cause de moi, et ils ont continué à boire, sans se soucier du fait qu'ils avaient un enfant. Ensuite, ma mère est morte à cause de son insouciance, et j'en ai payé le prix. J'ai dû m'occuper de mon père à plein temps.

Leurs regards se croisèrent à nouveau.

— Papa a oublié qu'il devait s'occuper de moi. Il a tellement oublié son devoir qu'il m'a piégée pour que je reste auprès de lui pendant neuf ans de plus…

Elle s'interrompit. Des flashs des neuf dernières années étaient en train de l'envahir. Combien de personnes avait-elle perdues au fil de ces années ? Combien d'amitiés avait-elle négligées ? Quant à sa carrière d'artiste, elle s'était terminée avant même de commencer.

— Tu as également payé le prix fort parce que ton père était un séducteur invétéré et que tu as fini dans un orphelinat. Comme moi.

Elle le regarda froncer les sourcils. Sans doute était-il en train de repenser à leur rencontre à l'orphelinat, la rencontre de deux âmes perdues.

— Je sais que tu es resté là-bas bien plus longtemps que moi mais… Oublier mon propre sort, faire passer la vie des autres avant la mienne… Hors de question que je l'accepte à nouveau.

— Je ne négligerai pas mon peuple comme mon père l'a fait, je ne laisserai pas tes sentiments…

— J'ai besoin que tu te comportes comme un être humain respectueux, Akeem. Je refuse que tu ignores mes sentiments pour parvenir à tes fins.

Il lui lança un regard noir.

— Les sentiments ne peuvent pas passer en premier. Les risques sont bien trop grands.

— Quels risques ? Perdre neuf ans de sa vie à cause d'un père menteur ? Se faire promettre une nuit de sexe et se retrouver piégée, obligée de se marier ? Accepter d'être la femme de son ex-amant pour s'entendre dire que, de toute façon, on ne comptera pas dans le mariage ?

Sa diatribe terminée, elle plongea dans ses prunelles sombres en attendant qu'il réplique. En vain.

— Les sentiments ne sont pas toujours aussi extrêmes, Akeem !

— Notre relation a toujours été extrême, elle ne peut pas être autrement.

— Tu as donc décidé que c'était tout ou rien. Aucun compromis n'est possible.

— Les rois ne font pas de compromis.

— Et les amis ? Et les époux ?

À ces mots, elle le vit tressaillir. Apparemment, elle l'avait touché. Peut-être allait-il enfin s'ouvrir.

— Je ne peux pas t'assurer de mon amitié, Charlotte. Je ne peux pas m'engager à propos de ce que tu me demandes.

Elle ouvrit la bouche pour répondre, mais il secoua la tête.

— Laisse-moi terminer, s'il te plaît. Ce que je peux te promettre, en revanche, c'est de te traiter avec considération et de respecter le fait que tu es une femme capable de prendre ses propres décisions. À l'avenir, je demanderai, lui promit-il en s'approchant d'elle, je n'exigerai pas.

Sa voix était douce sur ses blessures à vif. Ses mots, sa promesse… Il ne lui proposait pas l'existence qu'elle désirait mais peut-être pouvait-elle transformer cette vie en quelque chose de bien, même en restant en arrière-plan.

Oui, sa décision était prise. Elle allait exprimer ses opinions. Elle allait compter.

Elle appuya sur le bouton rouge, et l'ascenseur reprit sa descente.

Quelques secondes plus tard, les portes s'ouvrirent et elle vit un tapis rouge courant depuis la porte de l'avion jusqu'à un convoi de voitures devant lequel plusieurs hommes étaient rassemblés. Derrière, elle aperçut un hélicoptère.

— Tu n'as pas de chaussures, remarqua Akeem en baissant les yeux vers ses pieds. Puis-je te porter ?

Elle esquissa un sourire en percevant sa nervosité.

— Je suis tout à fait capable de marcher.

Elle allait marcher, les pieds nus et la tête haute, parce qu'elle le voulait, parce que c'était son choix.

Avant qu'il ne puisse faire d'autres commentaires, elle avança sur le tapis rouge et se dirigea vers l'hélicoptère.

Quelques secondes plus tard, elle monta à bord de l'appareil, et Akeem s'installa à côté d'elle pour attacher son harnais avant de se déplacer et de s'asseoir sur le siège du pilote.

Surprise, elle écarquilla les yeux.

— Tu vas piloter ?

— Tu as peur ?

— Non, mentit-elle.

La vérité était qu'elle en avait assez d'être effrayée. En plus, les questions qui se bousculaient en elle étaient trop nombreuses pour qu'elle en ait le temps. Et si le peuple ne l'acceptait pas comme reine ? Après tout, son père ne l'avait jamais aimée.

S'il ne pouvait pas l'aimer, elle, sa propre fille, comment qui que ce soit d'autre pourrait-il l'aimer ? Comment un royaume entier dans le désert pourrait-il l'accepter alors que sa propre famille ne l'avait pas acceptée ?

D'un autre côté, comment le savoir à moins d'essayer ?

Les pales du rotor se mirent à tourner, l'hélicoptère décolla, et elle poussa un petit cri. Autour d'elle, elle ne voyait que le désert, des kilomètres et des kilomètres de désert. Quelques minutes plus tard, elle aperçut enfin une ville au milieu d'un océan de sable rouge. Une muraille entourait cette ville fortifiée et, au loin, elle voyait un palais adossé aux montagnes.

— C'est une forteresse ! s'exclama-t-elle.

Puis, peu à peu, elle s'apaisa. Ses doutes et ses peurs étaient ceux de son père, ceux de la jeune fille de seize ans qu'elle avait été. La Charlotte de vingt-cinq ans qu'elle était aujourd'hui avait envie de saisir cette seconde chance que le destin lui offrait.

Akeem était son ticket pour l'aventure, pour une nouvelle vie, et cette fois-ci elle n'échouerait pas. Elle refusait d'échouer.

Elle jeta un coup d'œil vers Akeem, qui avait l'air toujours aussi confiant. Intuitivement, elle se sentait en sécurité avec lui, elle se sentait protégée. Mais ne s'agissait-il pas de la plus dangereuse des illusions ? N'était-ce pas lui le plus effrayant, ou cette partie d'elle-même qui voyait ce mariage comme une seconde chance ?

Refoulant ses questions, elle se concentra plutôt sur le paysage d'une beauté à couper le souffle. Fascinée, elle se laissa transporter dans le ciel vers sa nouvelle maison où l'aventure l'attendait.

Akeem était impatient.

Pendant longtemps, il avait rêvé du moment où il pourrait enfin reprocher à Charlotte d'avoir douté de lui et lui montrer l'homme qu'il était devenu.

Sauf qu'elle ne l'avait jamais trahi. Et aujourd'hui elle allait faire partie de sa vie.

Il détacha son harnais, sortit de l'hélicoptère puis, après avoir fait signe au personnel aligné devant l'entrée d'attendre, il ouvrit la porte de Charlotte.

Il baissa les yeux vers ses pieds, minces et élégants. Son regard remonta ensuite vers la robe verte qui couvrait son corps. Il pouvait l'habiller de soie mais pouvait-il la métamorphoser en cette reine qu'il désirait qu'elle soit ?

Était-elle capable de tourner la page du passé ?

Et lui, pouvait-il en faire table rase ?

— Inutile de me porter.

— Il n'y a pas de tapis, ici.

— Es-tu en train de me demander si je peux marcher, ou bien de me dire que je n'ai pas le droit de marcher pieds nus ?

Amusé, il lui sourit.

— Je te pose la question.

— Alors pose-la vraiment ! Les questions nécessitent des mots, et j'aimerais entendre les tiens. Pour avoir la preuve que tu me respectes en tant que femme capable de prendre ses propres décisions.

Son regard se fixa sur le personnel qui attendait un signe de sa part pour venir les saluer. Il était l'heure pour lui de se comporter comme l'héritier légitime du trône de Taliedaa.

Il avait été le prince héritier pendant si longtemps que son costume de roi aurait dû être comme une seconde peau. Malheureusement, ce n'était pas le cas. Il se sentait toujours mal à l'aise.

— Puis-je ? fit-il, revenant au présent.

Elle hocha la tête.

Il s'approcha à nouveau d'elle et, cette fois-ci, elle ne résista pas. Elle agrippa ses épaules. Une main sous sa cuisse, une autre autour de sa taille, il la porta jusqu'à la porte d'entrée du palais.

Un sentiment de fierté se mit soudain à résonner en lui.

— Votre altesse… Mademoiselle Hegarty…

Il était surpris. Jamais il n'avait pensé entendre son titre associé à son nom.

Il continua à marcher, ses pieds refusaient de s'arrêter, ses mains refusaient de la libérer. Les présentations pouvaient bien attendre. En revanche, ce dont il avait besoin à cet instant ne le pouvait pas.

Il s'engagea dans l'immense hall d'entrée carrelé et continua à marcher. Il tourna dans un couloir somptueusement décoré de carreaux anciens représentant des scènes de la vie du palais puis traversa une cour éclairée par des lanternes et ouvrit une porte.

Il n'avait pas gardé de distance suffisante avec son passé et maintenant, il était piégé.

Il fit glisser Charlotte jusqu'au sol puis attrapa sa main et l'invita à entrer dans une pièce au sol habillé d'un épais tapis de soie. Il referma ensuite la porte.

Elle ne bougea pas. Elle demeura immobile, près de lui. Beaucoup trop près.

— Tu ne souris pas. Tu n'aimes pas ?

— Je suis désolée. Je suis un peu sous le choc. L'hélicoptère, le désert, la ville… Tout est magnifique, Akeem. Ton palais est somptueux !

Son pouls refusait de ralentir, son cœur battait si fort que sa poitrine menaçait d'exploser. Sa bouche sensuelle prononçait tous les mots qu'il rêvait d'entendre et, pourtant, ceux-ci ne l'apaisaient pas. Il avait l'impression qu'elle allait ajouter un « mais » qu'il n'avait pas prévu.

En fait, il n'avait rien prévu de ce qui s'était passé jusqu'à présent avec Charlotte.

— Mais ?

— Mais c'est mon aventure. Je veux savoir ce qui va se passer avant que ça n'arrive.

— Ton aventure ?

Pourquoi utilisait-elle ce mot pour désigner sa vie ?

— Ce n'est pas…

— Expérience inhabituelle, excitante ou audacieuse, telle

est la définition du mot aventure. Elle correspond parfaitement à la situation.

— Tu as un dictionnaire avec toi ?

— Non mais j'ai toujours adoré les dictionnaires.

— Alors dis-moi ce que tu penses de ce mot-ci, murmura-t-il en s'approchant d'elle. Coffre.

— Coffre ?

— Tu veux connaître la prochaine étape de cette aventure ?

Elle acquiesça d'un signe de la tête.

— Alors dis-moi, quelle est la définition du mot coffre ?

— Un coffre est une boîte avec un couvercle.

— Exactement, mais parfois les coffres se verrouillent et le coffre dont je parle aura besoin d'une serrure.

Elle retira le foulard de ses cheveux et le mit sur ses épaules.

— S'agit-il d'une leçon ?

— Peut-être, répondit-il, résistant à l'envie de réduire la distance qui les séparait, d'enfouir ses mains dans ses cheveux et de caresser ses boucles aussi douces que de la soie. Tu vas avoir besoin d'un coffre, ici.

— Un coffre ?

— Un grand coffre, ajouta-t-il avant de faire tout ce qu'il avait dit qu'il ne ferait pas.

Incapable de résister à la tentation, il posa un doigt sur sa joue rosie.

— Des membres de mon personnel viendront bientôt t'aider à la remplir.

Il laissa son doigt aller et venir le long de sa joue avant de s'arrêter sur son menton. Il l'inclina et l'obligea à le regarder tandis que sa main descendait vers son cœur.

— Depuis combien de temps ton cœur bat-il ?

— Quelle drôle de question !

Il la vit frémir et sentit les soubresauts de son cœur sous sa paume. À l'évidence, elle hésitait.

— Quel âge as-tu, Charlotte ?

— Vingt-cinq ans.

— Pendant vingt-cinq ans, tu as ressenti des sentiments, des doutes, des peurs, et maintenant tu vas les abandonner.

Sa paume appuya un peu plus sur sa poitrine, comme pour emprisonner son cœur.

— Les abandonner… répéta-t-elle dans un souffle.

— Tu ne les reverras plus, dit-il avant de se corriger avec une rapidité qui le surprit, à moins que tu ne le veuilles, évidemment. Garde la clé, si tu le veux, mais sache qu'une reine doit savoir se contrôler et cacher ses émotions.

Un son s'échappa de ses lèvres et descendit instantanément jusqu'à ses reins. Il mourait d'envie de la goûter, de s'enivrer de sa présence. Il se força néanmoins à se contrôler, à résister à la tentation. Et il continuerait à résister. Il était le roi, il devait se maîtriser, il n'avait pas le choix.

— Emballe tes sentiments, commença-t-il avant de prononcer ces mots qu'il s'était dits, à lui-même, à son arrivée à Taliedaa. Mets-les dans un coffre, *qalbi*, et oublie-les.

— Tes sentiments sont-ils cachés sous ce lit ?

D'un signe de la main, elle lui montra l'imposant lit à baldaquin habillé de voiles en organza.

— Je n'ai pas besoin de coffre, mentit-il. Tout ce dont j'ai besoin est ici, en moi, sous cette armure appelée devoir.

— Dis-m'en plus.

Elle pressa sa main sur son cœur. Celui-ci battait désormais à une allure folle.

— Qu'as-tu ressenti ?

Il ferma les yeux. Il détestait cette capacité qu'elle avait de réveiller cette partie de lui qu'il avait profondément enfouie dans un coffre dont il n'avait plus la clé. Et à chaque fois qu'elle soulevait le couvercle, les charnières rouillées grinçaient, et la douleur surgissait.

— Qu'est-ce que j'ai ressenti ? répéta-t-il, trop conscient de sa main sur la sienne. J'ai appris à représenter mon peuple. Mon père ne l'écoutait jamais. Moi, je l'ai entendu.

Il avait eu raison de devenir Akeem Abd al-Uzza et de

bannir le garçon que Charlotte avait connu, ce garçon qui laissait bien trop de place à ses sentiments.

Aujourd'hui, hors de question de ressentir quoi que ce soit pour elle. C'était ainsi qu'il avait survécu pendant ces neuf dernières années et ainsi qu'il survivrait à l'avenir.

Son père avait abusé de son pouvoir pour son propre plaisir. Il refusait que son peuple continue à souffrir sous son règne à cause de ses sentiments ou de son désir.

— Cela n'a pas dû être facile pour toi.

Il retira sa main et recula. Hors de question qu'elle sache à quel point il avait souffert. Elle ne devait voir que l'homme qu'il était aujourd'hui, le futur roi, un homme très différent du garçon médiocre aux besoins ordinaires qu'il avait été.

— Je n'ai jamais rien connu de facile.

— Est-ce que ce sera difficile pour moi ?

— Plus vite tu comprendras que tes actions ont des conséquences qui te dépassent, qui nous dépassent, et plus les prochaines étapes seront faciles pour toi.

— Comme quand je m'occupais de mon père, mon devoir va l'emporter sur mes rêves, n'est-ce pas ?

Il inclina la tête pour mieux la regarder.

— Je sais que tu comprends la signification du mot sacrifice.

— Tu me demandes donc un nouveau sacrifice.

— Pas complètement.

Il lui laisserait du temps libre.

— Cette fois-ci, tu ne sacrifieras pas ta passion pour le dessin. Et si tu as besoin de quoi que ce soit, tu pourras t'adresser à Selma.

— Selma ?

— Ton assistante personnelle.

— Combien de temps ai-je pour remplir mon coffre ?

— Trois jours.

Il avait besoin de ces trois jours loin d'elle. Trois jours pour se ressaisir, pour tuer la passion qui pétillait entre eux et pour tourner la page du passé.

— Que se passera-t-il ensuite ?

— Nous annoncerons nos fiançailles au peuple, aux dignitaires du royaume, au Conseil royal…

Il inspira profondément.

— La foule se tiendra dans les jardins du palais tandis que nous serons sur le balcon. Nous nous contenterons de sourire. Tout le reste…

— Le reste doit être enfermé dans le coffre ?

— Exactement.

— Si je comprends bien je dispose de moins de trois jours pour me réinventer ?

— Pas pour te réinventer, pour te préparer. Ne t'inquiète pas, mon personnel t'aidera, à préparer l'annonce de nos fiançailles mais aussi notre mariage.

— Notre mariage ?

— Dans une semaine. Nous devons nous marier avant que je monte sur le trône. C'est pour cette raison que chaque sentiment que tu ranges dans le coffre est crucial.

Elle acquiesça d'un signe de la tête.

— Te reverrai-je avant nos fiançailles ?

— Non.

Ignorant l'envie de rester avec elle, il ouvrit la porte.

— C'est tout ? C'est tout ce que tu as à me dire ?

Il ne se retourna pas.

— Il n'y a rien d'autre à dire, Charlotte, lui lança-t-il simplement par-dessus son épaule. Trouve un moyen d'oublier la femme que tu es et deviens une reine. Rendez-vous dans trois jours.

Sans un regard, il ferma la porte et s'éloigna.

Il avait trois jours pour enterrer son coffre encore plus profondément qu'avant. Jamais il ne lui révélerait ce qu'il contenait sinon…

6.

Il l'avait abandonnée pour se préparer à une situation qu'elle n'aurait jamais imaginée. Il lui avait laissé trois jours pour se métamorphoser en reine, et une semaine pour devenir une épouse.

Le problème, c'était qu'elle n'était pas prête. Comment pourrait-elle l'être, elle, Charlotte Hegarty, orpheline née de parents alcooliques ? Quel droit avait-elle à cette vie qu'Akeem lui offrait aujourd'hui ?

Abattue, elle ferma les yeux avant de se reprendre et de se redresser.

Contrairement à ce que son père lui avait répété encore et encore, elle n'échouerait pas. Elle refusait d'échouer.

— *Shukran.*

— Félicitations, votre altesse, répondit son assistante Selma, en souriant.

Satisfaite de ses progrès, elle fit quelques pas de danse avant de redevenir sérieuse.

— Appelez-moi Charlotte.

Elle n'était pas encore reine, elle était juste une reine en devenir. Lorsque Akeem serait couronné, elle pourrait être altesse… Altesse ? Elle n'avait pas l'impression d'être une altesse.

— Apprendre toutes les nuances d'une langue en quelques jours est difficile, reprit Selma, ignorant sa remarque.

— Je sais.

— Ne vous inquiétez pas. Avec le temps, vous apprendrez. Et puis vous aurez un tuteur.

— Un tuteur ne peut pas m'apprendre tout ce que vous, vous pouvez m'enseigner avant l'annonce officielle.

— Le cerveau est comme un sandwich. Si vous ajoutez trop d'ingrédients en même temps, il débordera.

Elle éclata de rire.

— Toutes ces analogies avec la nourriture, je vais finir par croire que vous avez faim, Selma.

— J'ai toujours faim et, vous, vous avez faim de savoir. Vous mangez peu mais posez beaucoup, beaucoup, de questions.

— C'est parce que je suis nerveuse. J'ai envie d'en apprendre le plus possible sur ma nouvelle vie, et vous êtes un excellent professeur.

— La meilleure façon d'acquérir de nouvelles connaissances est de les laisser infuser en vous.

D'un signe de la tête, elle lui indiqua la montagne d'oreillers sur le lit.

— Dormez et laissez votre subconscient faire le travail.

— Si seulement j'arrivais à dormir.

Elle ne dormait pas bien, depuis qu'elle était arrivée à Taliedaa, et la perspective de la journée du lendemain allait, à coup sûr, l'empêcher de fermer l'œil ce soir-là.

Son regard glissa vers le coffre qui lui avait été livré la veille. Ses doigts la démangeaient d'en sortir le papier et les crayons.

Le dessin… Cette passion qui faisait d'elle qui elle était… Plus rien ne l'empêchait de dessiner, désormais.

Malheureusement, ce n'était pas le moment. Elle se concentrerait sur sa passion plus tard.

— Vous devez vous reposer, insista Selma.

Elle regarda à nouveau son assistante.

— Vous pouvez y aller, je…

Elle s'interrompit, honteuse d'avoir parlé d'un ton sec à la jeune femme. Cette dernière lui avait offert quelque chose qui ressemblait à de l'amitié.

Selma allait-elle devenir son amie ? Sa confidente ? À cette idée, son cœur se mit à battre plus vite. Elle n'avait personne avec qui partager ses secrets, personne depuis Akeem.

— Merci pour tout, Selma.

Grâce à la jeune femme, elle n'avait pas été totalement seule, ces trois derniers jours. Ses journées avaient été bien remplies. Par contre, ses nuits avaient été désespérément solitaires. Pas une fois Akeem n'était venu la rejoindre.

— Vous ne me remercierez peut-être pas demain, lorsque Kadar vous aura raconté un million d'anecdotes sur Taliedaa dont vous ne vous souviendrez jamais. Il est passionné par l'histoire et déterminé à transmettre la culture de notre jeune État. Il est ravi d'avoir une élève aussi enthousiaste que vous mais demain j'essayerai de le maîtriser, si vous voulez.

— Inutile. J'apprécie de le retrouver tous les jours au petit déjeuner. En plus, il aime manifestement ce royaume.

— C'est vrai, rougit Selma. Beaucoup.

— Et vous ?

— Je l'aime lui, mais ne lui dites pas. Il ne saurait pas quoi faire de mon amour.

La vie lui avait offert une deuxième chance. Peut-être Selma pourrait-elle, elle aussi, bénéficier d'une deuxième chance.

Était-ce ainsi qu'elle percevait son mariage avec Akeem ? Comme une seconde chance ?

Elle refoula sa question dans un coin de sa tête et se concentra plutôt sur la jeune femme en face d'elle.

— Connaissez-vous Kadar depuis longtemps ?

Selma se leva. À l'évidence, elle n'avait pas envie d'en parler.

— Voulez-vous que je vous aide à vous coucher ?

— Non, merci, je vais me débrouiller.

Personne n'avait jamais proposé de la border avant.

Ici, Selma la bordait tous les soirs.

Peut-être pourrait-elle lui demander de regarder également sous le lit.

Sa gorge se noua. Elle savait ce qu'elle trouverait sous le lit. Ses peurs. Des peurs qu'elle était déterminée à oublier, comme le lui avait ordonné Akeem.

— Votre journée de demain sera…

— Effrayante ?

— Chargée, corrigea Selma. Après votre leçon d'histoire, les stylistes vous apporteront la dernière partie de votre nouvelle garde-robe.

— Tous ces vêtements…

Elle passa sa main sur la robe en organza qu'elle avait choisi de porter le lendemain et qui était à côté d'elle, sur le lit.

— Je n'ai jamais vu une robe aussi belle dans le magasin où je m'habille habituellement.

— Vous faites vos courses à Londres ? Il y a tellement de belles boutiques…

Elle plaça la tenue contre elle avant de répondre.

— Pour être honnête, je m'habille essentiellement dans les friperies.

Elle adorait les friperies. C'était là qu'elle achetait ses vêtements, quand elle était adolescente, mais jamais elle n'y avait déniché de robe aussi somptueuse.

Rêveuse, elle baissa les yeux dessus. Elle était vraiment magnifique avec son col en V, ses manches chauve-souris, sa taille cintrée et sa jupe évasée.

Jamais elle n'avait porté une tenue aussi magnifique, aussi douce.

S'extasier devant une robe faisait-il d'elle une femme légère, matérialiste ? Probablement, mais peu lui importait. En plus, n'était-ce pas le fantasme de toutes les filles de vivre un conte de fées ? Peut-être Akeem jouait-il le rôle de la bonne fée dans cette histoire.

Elle réprima un gloussement.

L'équipe qui l'avait rejointe très rapidement après le départ d'Akeem lui avait apporté des sous-vêtements, des chaussures, des vêtements de jour, des vêtements de nuit dans des couleurs aux noms surprenants, orange brûlée, taupe, ombre… Elle n'avait jamais porté de tenue couleur ombre. Ni de rouge.

Demain, elle porterait du rouge.

Comme si elle devinait toutes ses pensées, Selma lui adressa un clin d'œil.

— J'ai hâte de découvrir la robe de mariée que vous ont créée les stylistes.

Son estomac se noua, et sa nervosité augmenta. Elle ne pouvait pas encore se permettre de penser au mariage, elle n'était pas officiellement fiancée. En plus, son fiancé avait disparu.

Pour être honnête, Akeem lui manquait.

— Et votre tenue pour les fiançailles, évidemment, reprit Selma.

De plus en plus nerveuse, elle se mordit la lèvre.

— Une robe à la fois, s'il vous plaît !

Une robe et une journée à la fois.

— Ne vous inquiétez pas, les deux seront parfaites.

Oui, la robe serait parfaite. Mais la femme dans la robe ? Elle avait des doutes.

Charlotte était chez lui, sous son toit, depuis soixante-douze heures. Et depuis soixante-douze heures, il lui résistait. Il contrôlait son envie de la voir, de la toucher, de la tenir…

Enfant, puis adolescent, il avait toujours été impulsif. Il disait ce qu'il pensait et réagissait sans réfléchir. Aujourd'hui cependant, il n'était plus impulsif. Il réfléchissait. Laisser Charlotte seule dans son palais et garder ses distances étaient des choix raisonnés.

Il n'avait pas eu d'alternative. Il avait été obligé de prendre des mesures pour se maîtriser. Ses sentiments envers elle étaient bien trop intenses, il ne pouvait pas se permettre d'y penser.

Tu ne gardes pas tes distances. Tu te caches, comme un petit garçon effrayé.

Non, il n'avait pas peur. Au contraire même, il avait passé ces quelques jours à travailler du matin au soir, avec ses assistants, pour s'assurer que tout était en place pour le lendemain.

Ne lui restait plus qu'à attendre douze heures de plus.

Il passa un doigt sur la vitre de sa montre, sa montre usée et bon marché.

Tu ne devrais pas porter cette montre. Tu devrais la ranger sous le lit, comme un bon petit garçon.

Mais il n'était plus ce petit garçon.

Si ton père avait su que tu la possédais…

Il savait exactement comment son père aurait réagi. Il aurait ordonné à un de ses hommes de lui prendre la montre. Il l'aurait posée sur une table puis il l'aurait obligé à regarder pendant qu'il donnait un coup de marteau sur le verre, brisant la montre en mille morceaux, écrasant l'amour d'un garçon pour sa mère.

Alors pourquoi la gardes-tu encore, alors que tu vas monter sur le trône dans quelques jours ? En as-tu besoin ? Serais-tu triste si tu ne l'avais plus ?

Il serra l'objet dans sa main, si fort qu'elle s'enfonça dans sa paume, réveillant une sensation de manque et une douleur qu'il accueillit avec plaisir.

Ce n'était pas avec ce sentiment qu'il les avait accueillies neuf ans plus tôt, lorsqu'il s'était retrouvé face à son père.

Il enfouit la montre dans sa poche et plongea dans son passé. Les yeux fermés, il repensa à la dernière fois qu'il avait vu l'aube avec Charlotte. Ce jour-là, après leur premier corps-à-corps, ils s'étaient promis de fonder une famille.

Sa raison le rappela soudain à l'ordre, et il se força à refouler ce souvenir, à ignorer ce passé qui revenait sans cesse en lui comme un boomerang. Il prit ensuite la direction des appartements de Charlotte.

Devant la porte, il hésita quelques instants. Ne pouvait-il vraiment pas résister pendant douze heures de plus ?

Apparemment, non.

Il entra sans frapper et l'aperçut aussitôt, sur le balcon, vêtue d'une robe en organza, ses cheveux rassemblés en un chignon lâche.

Comme aimanté, il traversa la pièce, passa devant l'imposant lit, ignorant sa température qui montait en flèche et son désir qui se réveillait, puis s'arrêta, un pied sur le balcon, prêt à faire demi-tour et à sortir aussi discrètement qu'il était entré.

— Akeem ?

Il s'approcha un peu plus, serrant les poings pour se maîtriser.

— Tu dessines ?

— Ce n'est qu'une esquisse, répondit-elle avant de baisser les yeux vers son bloc. Ce n'est pas très bon.

De nouveaux souvenirs se précipitèrent en lui et le replongèrent dans le passé. Ils étaient installés sous le chêne, dans le jardin de l'orphelinat. Il lui tendait le carnet de croquis, et les crayons qu'il lui avait achetés avec son maigre salaire, et elle le dessinait.

— Que ressens-tu, avec un crayon à la main.

Elle esquissa un sourire timide.

— C'est comme porter son pyjama préféré, c'est réconfortant, expliqua-t-elle en lâchant un petit rire, même s'il est usé.

— Montre-moi.

— Non, je n'ai pas terminé.

Elle retourna son carnet et reporta son attention sur lui.

— Tu refuses d'obéir au prince héritier ?

— Non, c'est à toi que je refuse d'obéir. Mon croquis n'est pas fini.

— Tant pis. Bon, en attendant, viens avec moi.

Timidement, elle fit un pas vers lui, puis un autre. Il avait approuvé la robe, comme le reste de sa garde-robe provisoire mais la voir sur elle en chair et en os, sa peau pâle illuminée de reflets dorés… Il était tellement sous le charme que sa gorge se noua, et son pouls s'emballa.

Se forçant à revenir à la raison de sa visite, il fouilla dans sa poche et en sortit la petite montre. D'un geste rapide, il lui mit au poignet, refusant de s'attarder sur la douceur de sa peau, refusant également de se demander pourquoi il lui mettait la montre.

— C'est une montre.

— Elle appartenait à ma mère.

Charlotte posa sa main sur la sienne, preuve qu'elle lui faisait confiance.

Elle lui faisait confiance, tout comme sa mère avait fait confiance à son père, juste avant qu'il ne la rejette et ne lui brise le cœur. À ce souvenir, ses muscles se tendirent et il retira sa main.

Il ne voulait pas du cœur de Charlotte.

— Pourquoi me donnes-tu la montre de ta mère ?

Mal à l'aise, il fit un pas en arrière. Tout à coup, il avait l'impression d'être un petit garçon offrant à Charlotte son goûter. Pourtant, il avait vingt-sept ans, il était le prince héritier, il n'était plus un jeune homme qui perdait la tête sans raison.

— Je n'ai plus besoin de cette montre.

C'était la vérité. Il ne voulait plus se sentir lié au passé. Il ne voulait plus être ce jeune garçon enfermé dans un orphelinat.

— Tu es sûre que tu n'en as plus besoin ? insista-t-elle.

— À défaut de pouvoir t'offrir tout ce que tu m'as demandé dans l'avion, je t'offre cette montre.

— Qu'est-ce que tu ne peux pas m'offrir ?

— La sagesse.

Elle éclata de rire.

— Tu ne peux pas être raisonnable ?

— J'en suis incapable quand tu es dans les environs.

— C'est pour cette raison que tu n'es pas venu me voir, ces derniers jours ? C'est pour ça que tu m'as ignorée ?

Il ne répondit pas. Impossible. Comment pouvait-il admettre qu'il était resté à l'écart parce qu'à chaque fois qu'il était avec elle il était obligé de serrer les poings pour se contrôler et ne pas la posséder.

— Tu as gardé tes distances parce que tu es en colère, n'est-ce pas ?

En neuf ans, il avait eu le temps de s'entraîner à masquer ses sentiments, à ne pas les exprimer. Pourtant, Charlotte était capable de lire en lui.

Sans le quitter du regard, elle fit un pas dans sa direction.

Sa présence lui avait fait l'effet d'un baume apaisant,

autrefois, alors qu'il était sur le point de quitter l'orphelinat et de se lancer dans son propre voyage, un voyage avec elle. Aujourd'hui, ils étaient sur le point d'embarquer pour une nouvelle aventure.

Elle leva la main et, instinctivement, il se fit tout petit. Quand elle posa sa paume sur sa joue, il n'entendit plus que le bruit sourd dans sa poitrine.

— Tu es en colère contre le passé et contre moi, je le comprends. Personnellement, je ne suis pas en colère, ni contre toi, pour m'avoir abandonnée, ni contre mon père.

Elle s'interrompit et lui adressa un petit sourire complice.

— Après tout, le passé est la raison pour laquelle je suis ici, dans cette belle robe, à regarder le soleil se lever sur le désert. Mais ai-je peur de me tromper encore une fois ?

Ses yeux, des émeraudes incrustées dans l'or, se mirent à flamber, et il y plongea. Il s'y noya.

— Bien sûr que j'ai peur, poursuivit-elle sans attendre sa réponse. J'ai fait des erreurs toute ma vie. Malgré tout, je suis là.

Sa main fine descendit le long de sa joue jusqu'à son épaule, animant ses terminaisons nerveuses partout où elle passait.

Il serra les poings et se força à demeurer impassible.

— Et toi aussi, ajouta-t-elle en posant sa paume sur son cœur.

— Et moi aussi, répondit-il d'une petite voix.

Pourtant, il n'était pas censé être ici. Il devrait être n'importe où sauf ici, dans cette chambre, à la laisser le toucher et l'apaiser.

— Tu m'as expliqué que les sentiments n'avaient rien à faire ici mais ne comprends-tu pas que le passé ouvre la voie à l'avenir ?

— C'est peut-être le cas pour toi, mais pas pour moi.

— Tu seras le prochain roi.

Il ne répondit pas. Impossible, aucune de ses actions depuis qu'il était entré dans cette pièce n'avait été digne d'un roi.

— Pourquoi as-tu à ce point peur de tes sentiments ? Et des miens ?

— Je n'ai pas peur.

— Personnellement, j'ai peur, mais pas de mes sentiments.

Quelles que soient les raisons qui t'ont amené ici ce matin, quelles que soient les raisons qui t'ont poussé à garder tes distances depuis notre arrivée, ce n'est pas parce que tu ne ressens rien. Tu as des sentiments, je le sais. Je te vois affronter le passé et souffrir.

— Tu te trompes, je ne souffre pas, répliqua-t-il, en colère.

— Bien sûr que si. Si tu ne souffrais pas, tu ne me regarderais pas comme si j'étais une extraterrestre parce que je reste calme malgré cette trahison qui nous a affectés tous les deux, malgré notre passé commun.

Son regard demeura planté sur sa bouche sensuelle qui prononçait tous les mots qu'il ne voulait pas entendre. Trahison partagée… Passé commun… Il ne voulait pas entendre ces mots, et encore moins en discuter.

S'il voulait faire taire ces lèvres, il n'avait qu'une seule solution, l'embrasser.

Elle n'aurait jamais dû le provoquer.

Elle fit un pas en arrière. Puis un deuxième.

Elle inclina son menton vers lui, découvrant sa gorge sensuelle. Elle l'éloignait de son devoir, elle le piégeait. Il ne voulait pas de ces sentiments qui lui serraient la poitrine ! Il voulait…

— Dis-moi pourquoi tu es ici, Akeem.

Des mèches de cheveux s'étaient échappées de son chignon et tombaient de façon désordonnée sur ses oreilles. Il mourait d'envie de libérer le reste de sa chevelure, de sentir la douceur de ses cheveux entre ses doigts.

Il se força néanmoins à se reprendre.

— Je n'aurais jamais dû venir.

— Akeem…

— Chut.

Il l'obligea à se taire. Ou, plutôt, il augmenta le volume de la chanson du devoir qu'il ne pouvait jamais mettre en sourdine. Elle jouait sans cesse dans sa tête. Impossible de ne pas l'entendre, elle résonnait en lui, elle vivait en lui.

Il ne permettrait pas à cette alchimie d'exploser. Il était de son devoir de nier ses désirs, même les plus fondamentaux, et de montrer au peuple de Taliedaa qu'il ne privilégierait pas son plaisir. Il ne l'abandonnerait pas comme son père l'avait fait, comme son père avait laissé tomber sa mère. Il serait un roi irréprochable.

Il prit une profonde inspiration, et l'air qui emplit ses poumons l'obligea à se redresser.

Charlotte ne connaissait pas cet homme, elle ne connaissait pas le roi.

Elle perçut le changement.

Ce n'était pas un bouleversement mais un changement presque imperceptible dans l'atmosphère, dans la composition de l'air. Akeem était vêtu d'une tunique noire mais elle avait bel et bien vu ses muscles se tendre.

— Tu n'aurais jamais dû venir, si tu ne voulais pas…

— Si je ne voulais pas quoi ?

— Si tu ne voulais pas de moi. Je sais que tu désirais la fille que j'étais autrefois, pour une aventure d'un soir. Mais si tu ne voulais pas de la femme que je suis devenue, la femme qui est en face de toi maintenant…

— Vouloir n'est pas le problème. Le problème, fit-il en agitant les mains entre eux, c'est ça. C'est cette alchimie.

— C'est toi qui es venu me chercher, pas le contraire.

— Je suis venu parce que je comprends intimement la sensation de perte et le malaise que l'on ressent lorsqu'on ne dispose de rien pour s'ancrer dans un monde qui nous a été imposé. Je voulais juste que tu aies quelque chose, après la mort de ton père.

— Quelque chose pour m'ancrer ?

— Oui, mentit-il.

En fait, il était surtout venu à Londres parce qu'il n'avait pas été capable de résister à la tentation. Aujourd'hui, cependant, il était capable de combattre cette attirance. Il la combattrait même de toutes ces forces.

— Et quand tu es venu, le passé t'a rattrapé ?

— Pas le passé, toi.

— À l'orphelinat, c'était moi qui étais venue te trouver, n'est-ce pas ?

Partant à sa recherche, elle s'était faufilée entre les animateurs. Elle l'avait finalement trouvé, endormi, et elle n'avait pas eu besoin de dire quoi que ce soit. Ensemble, ils s'étaient glissés dans les jardins, main dans la main, et s'étaient cachés sous le chêne.

Ce jour-là, elle lui avait tout raconté, elle lui avait avoué tous ses secrets puis il l'avait prise dans ses bras. Il l'avait laissée ressentir tous les sentiments qu'elle avait dû garder étouffés toute sa vie.

— La situation n'est pas comparable, se défendit-il.

— Tu m'as laissée, toute seule, faire le deuil de la vie que j'aurais pu avoir et de la personne que j'aurais pu être.

Ensemble, ils avaient fait des projets.

— N'as-tu pas pensé que le passé m'avait peut-être rattrapé, moi aussi ? Ne crois-tu pas que mon père, sa trahison, mon passé, notre passé, sont des choses dont nous devrions discuter ? Des choses dont j'ai besoin de discuter ?

— Ton père était un idiot.

— Mon père est la raison pour laquelle nous sommes ici.

— Je suis revenu en Angleterre pour toi, à cause de toi, pas pour ton père, et le passé ne nous empêchera pas de célébrer nos fiançailles ce soir.

— Ne comprends-tu pas que je suis ton passé ? insista-t-elle, exaspérée. Pourquoi ne penses-tu qu'au présent ?

— Imagine des yeux, des centaines d'yeux, qui te regardent, qui connaissent tout de toi alors que tu ne sais rien d'eux. Puis imagine-toi debout devant eux, attendant qu'ils t'acceptent.

— Cela a dû être difficile, répondit-elle d'une petite voix.

Elle connaissait le goût amer du rejet de la part de ceux qui auraient dû l'accepter inconditionnellement, le goût de la trahison.

— Sous les ordres du roi, le peuple devait respecter ses

souhaits et m'accepter. Mais est-ce qu'il voulait de moi ? Non. Pour lui, je n'étais qu'un bâtard élevé par une putain.

À ces mots, il la vit reculer alors il reprit sans attendre.

— La vérité est ce qu'elle est, inutile de nier les faits.

— Mais ta mère…

Elle ignorait ce qu'elle voulait lui demander, elle savait juste qu'elle avait envie de la défendre. Pendant qu'ils étaient à l'orphelinat, Akeem évoquait toujours sa mère avec amour. Aujourd'hui, son ton dur la surprenait.

— J'étais le fils de ma mère, mais je suis l'héritier de mon père.

— Tu étais ?

— Elle est morte.

— Mon père est mort également mais je suis toujours sa fille.

Sa mâchoire se crispa, et son regard se fit plus intense.

— J'étais un étranger pour le peuple de Taliedaa. M'a-t-il accepté ? Oui, mais seulement parce qu'il n'a pas eu le choix. A-t-il respecté ma mère ? Non. Ici, à Taliedaa, je suis l'héritier de mon père, et le peuple te respectera parce que je le lui ordonnerai.

— Comment feras-tu ?

— Je le convaincrai que notre relation est sérieuse, qu'il ne s'agit pas d'une histoire de passion, pas d'une histoire d'apparat ou d'héritage, mais d'une relation stable et respectueuse, quelque chose que mon père n'a jamais offert à son pays. Sa reine est restée cloîtrée dans ses appartements jusqu'à sa mort, sans enfant. Tu ne seras pas ce genre de reine.

Incrédule, elle le fixa, les yeux écarquillés.

— Tu veux que j'aie un bébé ?

— Non ! Je… Ce que je veux dire, c'est que j'ai besoin que le peuple accepte le changement, et tu symbolises ce changement.

— Je symbolise le changement ?

— Si je t'avais renvoyée chez toi après ce que mes hommes ont vu, le doute aurait teinté mon règne. Or je veux prouver à mon peuple que je ne gouvernerai pas comme mon père, que mon règne ne sera pas marqué par une quête effrénée du plaisir, et que les changements que je suggère sont pour son bien.

— Comme ta mère ?

D'où venait sa question ? Elle l'ignorait. Mais sa mère avait fait preuve de force. Elle avait abandonné sa vie à Taliedaa pour élever Akeem en Angleterre. Elle avait renoncé à tout ce qu'elle avait connu pour le bien de son fils.

Un peu comme elle. Elle aussi avait tout abandonné, pour le bien son père.

Tout à coup, ses yeux se mirent à pétiller.

— Ma mère était sans défense dans le monde de mon père, elle l'était également à Londres. Ce n'est plus mon cas.

— Tu penses que tu étais sans défense avant ? En Angleterre ?

Il tressaillit, très légèrement mais ellc le remarqua néanmoins.

— Le garçon que j'étais autrefois était faible. Il n'était pas désiré.

Elle l'avait pourtant désiré, elle, mais à voir le regard qu'il lui lançait maintenant elle devinait qu'il valait mieux ne pas lui rappeler. Ellc lui posa alors une autre question.

— Tu penses que tu as quelque chose à prouver à cause des actions de ton père ? lui demanda-t-elle plutôt. Ou à cause de qui tu étais, avant d'être un prince ?

— Les deux.

À ces mots, son cœur se brisa un peu pour lui. Ils étaient si semblables et si différents à la fois.

— Un peu comme moi, finalement.

Elle essaya de sourire mais n'y parvint pas.

— J'ai perdu tellement de temps et j'ai beaucoup à prouver, également.

— Je ne peux pas laisser ce besoin que tu as de comparer nos vies se mettre en travers de mon chemin. J'ai besoin que tu sois…

— La future reine, j'ai compris. Et, toi, tu seras qui ? Le prince héritier ?

— Qui d'autre veux-tu que je sois ?

— L'homme qui est entré dans cette pièce.

— C'est moi qui suis entré ici.

Non, ce n'était pas lui mais elle garda son opinion pour elle-même.

— Tu en doutes ? lui demanda-t-il, lisant à l'évidence en elle.

Elle ne pouvait pas mentir, il le devinerait.

— Je ne doute de rien, je le sens.

— Tu te trompes.

— Je te rappelle que tu vas m'épouser. Ne devras-tu pas venir dans ma chambre, une fois de temps en temps ? Ne partagerons-nous pas un lit ? À moins que je ne doive partager un lit avec lui.

— Tu partageras un lit avec moi, *qalbi*, lui promit-il avant de s'avancer vers elle, la dominant de son parfum, de sa chaleur. Moi, le roi.

Son parfum était le même, mais sa présence, plus sombre.

— Et si je ne veux pas du roi ? Et si je voulais l'homme de l'avion, ou l'homme qui est venu dans ma chambre ce matin ?

— Le roi est tout ce que tu auras.

Sans attendre sa réponse, il tourna les talons et ne se retourna pas une seule fois avant de fermer la porte derrière lui.

Elle ne voulait pas du roi. C'était lui, qu'elle voulait !

Ne l'avait-elle pas toujours voulu ?

Une vague d'émotion l'envahit.

Si tout ce qu'il pouvait lui offrir était son statut de roi, alors elle serait une reine à laquelle il ne s'attendait pas.

Et elle connaissait la femme parfaite pour l'aider.

7.

Un frisson descendit le long de son dos, et les poils de ses bras se dressèrent, signe qu'elle était là. Pourtant, il ne la voyait pas.

En haut des marches, il apercevait bien une jeune femme mais il ne reconnaissait pas sa Charlotte, la fille aux collants filés et aux vêtements mal ajustés.

Lorsqu'une main au bout d'un bras habillé d'une fine dentelle rouge se posa sur la balustrade en pierre, il arrêta de respirer.

Charlotte.

Tout de rouge vêtue, ses cheveux bouclés formant comme un halo autour de son visage, elle resplendissait sous la lumière des chandeliers disposés de part et d'autre de l'escalier. Elle irradiait. Avec son rubis niché dans le creux de ses seins et son diadème sur la tête, elle était l'image parfaite d'une reine.

Sous le charme, il laissa son regard glisser sur son corps de déesse, sur l'encolure bateau de sa robe, le corsage resserré à la taille par un simple nœud de satin, sa jupe évasée qui arrivait à ses chevilles, et la regarda descendre l'escalier.

— Ça ira ? lui demanda-t-elle d'une petite voix lorsqu'elle le rejoignit.

Il reconnaissait à peine sa Charlotte. Elle s'était métamorphosée, pour lui.

Il posa une main autour de sa taille sensuelle.

— Ça ira, répondit-il comme si de rien n'était.

Le problème était que tout était là, tout ce qu'il ne voulait pas.

La passion, surtout.

Ses lèvres sensuelles n'étaient plus qu'à quelques centimètres des siennes mais il ne l'embrassa pas. Il laissa juste sa douceur et sa chaleur s'infiltrer en lui tandis que sa raison le ramenait au présent, à la cérémonie sur le point de débuter. Il se racla la gorge, brisant la magie invisible qui les maintenait dans une bulle, et repoussa ce sentiment de malaise qui l'avait hanté toute sa vie et à cause duquel il avait cru le père de Charlotte aussi facilement.

Il tendit ensuite la main et attendit qu'elle la saisisse.

— Prête ?

Le souvenir de la dernière fois où il lui avait demandé si elle était prête alluma ses sens mais il ignora les réactions de son corps. Ce n'était pas le moment.

— Prête, répondit-elle avant de glisser sa main dans la sienne.

Il perçut aussitôt un discret tremblement. Était-ce lui ou était-ce elle ? Il n'en avait pas la moindre idée.

Il fit un léger mouvement de tête et aussitôt le personnel, qui était invisible quelques secondes plus tôt, ouvrit la double porte menant à la salle de réception et au balcon royal.

Lentement, ils avancèrent.

Son cœur battait la chamade. Neuf ans plus tôt, sur ce même balcon, son père avait forcé son peuple à l'accepter, lui, son fils illégitime. Aujourd'hui, il allait lui demander d'accueillir sa reine.

Sa Charlotte.

— Akeem, tu me fais mal !

Il baissa les yeux vers sa main dans la sienne et la relâcha.

— Je suis désolé.

Sa tête était remplie de tous les mots qu'ils avaient échangés depuis leurs retrouvailles à Londres. Les mots de colère, les confessions inattendues… Sa gorge était serrée, sa bouche sèche. Son cœur battait à toute allure.

— Prêt ? lui demanda-t-elle alors qu'un léger sourire se dessinait sur ses lèvres.

Était-il prêt à faire passer son passé avant son futur ? À lui donner une place ? Un foyer ?

Après quelques secondes de réflexion, il hocha la tête et donna enfin le signal.

Lentement, les imposantes portes en bois noir s'ouvrirent sur la ville en contrebas, sur son royaume niché dans le désert. Il entrelaça ses doigts aux siens, résistant à l'envie de porter sa main à sa bouche et d'y déposer un baiser. Il avait envie de la rassurer, de lui dire que tout irait bien. Il veillerait à ce que tout se passe bien, mais il ne voulait pas semer le doute en elle. Il ne voulait pas non plus reconnaître les soupçons d'hésitation qui lui nouaient la gorge.

S'avançant sur le balcon, il conserva sa main dans la sienne. Il la garda près de lui tandis qu'il observait son peuple, debout au milieu des dignitaires du royaume, tandis que les caméras enregistraient ce moment où le prince héritier allait présenter sa future épouse.

Leur future reine.

Il ne sourit pas. Il attira simplement Charlotte vers lui et, d'un mouvement de tête, salua la foule.

Aussitôt, le public les acclama.

Lorsqu'il leva la main, les cris s'arrêtèrent.

Il allait parler lorsqu'il entendit une autre voix, à côté de lui. Une voix féminine.

— *Shukran*, lança Charlotte d'une voix claire.

Et puis, lentement, elle remercia le peuple en anglais.

— Avec le temps, j'espère être aussi précieuse pour ce royaume que les rubis extraits dans la vallée de Dalah, ou la mer Morte qui donne la vie, aussi précieuse que les émeraudes du sud et l'or extrait ici même, à Taliedaa. Parce que j'ai l'intention de refléter ces joyaux.

Elle se lécha la lèvre avant de poursuivre.

— Je vous servirai, vous, peuple de Taliedaa, en vivant parmi vous, en offrant tout mon soutien à votre futur roi.

Elle se tourna ensuite vers lui, et il la dévisagea. Le vert de ses prunelles était aussi vif que les minéraux exploités dans le royaume.

— Le prince héritier, reprit-elle, celui qui représente le futur de votre royaume. L'héritier légitime du trône de Taliedaa.

Elle s'inclina devant lui, et les applaudissements reprirent de plus belle.

Aussitôt, un sentiment de malaise se mit à pétiller à la surface de sa peau. Un sentiment de regret, aussi.

Il l'avait piégée lorsqu'il l'avait séduite au motif de tourner la page et, maintenant, elle se présentait comme une future reine parfaite auprès d'un roi qui ne l'était pas.

Il l'attira vers lui, se pencha et effleura sa bouche de la sienne. Il ne l'embrassait que par devoir, se répéta-t-il pour tenter de s'en convaincre.

Mais ce baiser n'était pas superficiel. Au contraire, il était puissant.

Il n'était pas seul. Il n'était plus seul.

Quelqu'un se tenait à ses côtés désormais, de son côté.

Personne ne l'avait jamais soutenu, jusqu'à présent. Oui, il était venu avec son père sur ce balcon, mais ils étaient deux entités séparées, ils n'étaient pas ensemble. Sur les photos de groupe, à l'orphelinat, les enfants étaient nombreux mais chacun était seul. Et dans les familles d'accueil… En fait, il n'était jamais resté assez longtemps pour faire partie d'une famille.

Aujourd'hui cependant, avec Charlotte, devant son peuple, il n'était plus seul.

Sa main toujours dans la sienne, il recula et la regarda fixement. Il l'avait arrachée à sa vie pour la transporter dans la sienne. De son côté, elle avait fait en sorte que le peuple l'accepte et elle l'avait fait pour lui.

Pendant longtemps, il avait souhaité le changement, décidé à apporter le meilleur à son peuple. Aujourd'hui, Charlotte était allée encore plus loin pour l'aider à réussir. Il n'aurait pas pu y arriver sans elle, pas aussi rapidement en tout cas.

Son pays avait besoin d'une reine et lui, il avait besoin de Charlotte.

Il se tourna vers son peuple une fois de plus, leva les bras, et les applaudissements retentirent à nouveau.

Des applaudissements d'acceptation.

Les mots qu'elle avait prononcés le matin même revinrent en lui.

« N'as-tu pas pensé que le passé m'avait peut-être rattrapé, moi aussi ? lui avait-elle demandé. Ne crois-tu pas que mon père, sa trahison, mon passé, notre passé, sont des choses dont nous devrions discuter ? »

Elle avait raison. Il devait l'écouter et la traiter avec respect, il lui devait bien.

Décidé, il saisit son coude puis rentra dans la salle de réception.

Il allait l'écouter dès maintenant.

Les énormes portes se refermèrent derrière eux.

Il retira doucement ses doigts de son coude et s'avança plus loin dans la pièce, l'abandonnant une nouvelle fois.

— Quel est le problème ? J'ai fait quelque chose de mal ?

Il se retourna et la dévisagea de ses yeux sombres. Il porta ensuite un doigt à ses lèvres et, comprenant le message, elle se mordit la lèvre en attendant que le personnel s'en aille.

— Il y a un problème, confirma-t-il lorsqu'ils se retrouvèrent enfin seuls.

L'inquiétude s'empara d'elle.

— Un problème ?

Il pointa un doigt accusateur dans sa direction.

— Tu t'es comportée comme une reine, tu as fait tout ce qu'il fallait.

— Alors où est le problème ?

— Je… Si notre relation doit fonctionner…

Son regard noir remonta jusqu'au diadème épinglé à ses cheveux puis descendit vers son visage soigneusement maquillé, allumant des feux d'artifice partout en lui.

— Ce matin, tu as dit que tu voulais parler.

— J'ai dit ça ?

— Tu as même dit que j'aurais dû comprendre que tu en avais besoin, lui rappela-t-il. Alors j'y ai réfléchi.

— Et qu'as-tu décidé ?

— Que si tu as besoin de parler, je t'écouterai.

— Parce que tu en as envie ?

— Parce que nous devons réapprendre à nous connaître.

— Je ne comprends pas. D'accord, je porte une belle robe mais en dessous, c'est toujours moi, Charlotte. Je n'ai pas changé.

— La fille que je connaissais n'aurait pas aimé être sur ce balcon, aussi… Aussi parfaite.

— Pour être honnête, Selma m'a beaucoup aidée, lui expliqua-t-elle, la gorge soudain serrée. Elle m'a aidée à mettre en ordre les idées et l'image que je souhaitais projeter.

— Et que voulais-tu projeter ?

— Moi-même. Ici, dans ton pays, je peux être tout ce que mon père disait que je ne pouvais pas être. Et tous ces sentiments négatifs, je peux les enfermer dans un coffre et jeter la clé, n'est-ce pas ? Pour ne garder que les bonnes choses, les parties de moi qui font ce que je suis.

Il ne bougea pas, il ne la contredit pas, il se contenta de la dévisager.

— Si notre relation doit fonctionner, je veux comprendre la personne que tu es devenue. Je veux comprendre qui tu étais autrefois et qui tu es maintenant.

Il prit sa main dans la sienne avant de reprendre.

— Laisse-nous faire à nouveau connaissance, *qalbi*.

Elle ne savait pas qui, d'elle ou de lui, s'était approché mais, soudain, la sensation de ses doigts glissant entre les siens alluma un incendie en elle. L'incroyable alchimie était toujours présente.

Sans un mot de plus, il s'empara de sa bouche. Ce n'était pas le roi qui l'embrassait, c'était Akeem.

Enfin elle le retrouvait.

— Où allons-nous ?

— Chaque palais a ses secrets, répondit-il en passant une main dans ses cheveux. Je vais te montrer les miens.

Mais lui montrerait-il l'homme ou le roi ? Elle n'en avait pas la moindre idée.

8.

— Qu'est-ce que c'est ?

Le gravier crissant sous ses pieds, Charlotte se tourna vers lui. Elle était perplexe.

— Est-ce un monument funéraire ?

— Non.

— Un donjon ?

— Non plus.

Elle observa plus attentivement ce qui ressemblait à l'entrée d'un tunnel.

— Une grotte ?

— Nous avons, tous les deux, besoin d'un soupçon de magie, répondit-il d'un ton énigmatique en brandissant ce qui ressemblait à un long bâton enduit de cire.

— La magie du feu ?

Il leva le bâton au-dessus de leurs têtes, et la torche s'embrasa.

— Il y a plus, je te le promets.

Son bras puissant autour de sa taille, il l'entraîna à l'intérieur et, curieuse, elle retint son souffle.

— La seule et unique fois où mon père m'a amené ici, lui expliqua-t-il, il m'a laissé tout seul, dans le noir.

— Pourquoi se serait-il comporté de façon aussi cruelle ?

Il lâcha un petit rire désabusé.

— Pour voir si j'étais capable de retrouver mon chemin, tout simplement.

— Et as-tu réussi ?

— Oui mais d'abord j'ai trouvé quelque chose.

— Il fait si sombre que je suis surprise que tu aies découvert quoi que ce soit. Je vois à peine mes mains.

— Regarde plus attentivement, *qalbi*. Que vois-tu ?

— Je vois… À vrai dire, pas grand-chose.

— Alors que la lumière soit.

Il accrocha son flambeau à un crochet sur la paroi de la grotte et, comme par magie, la flamme alluma une autre torche, puis une autre et, en quelques secondes, des dizaines de flambeau se mirent à illuminer les lieux.

Tout à coup, la grotte prenait vie. Elle distinguait maintenant une piscine naturelle à l'eau transparente et une végétation luxuriante qui grimpait sur les parois.

Ils se trouvaient dans une oasis souterraine.

Charmée par ce décor féerique, elle se rapprocha de lui.

— C'est magnifique !

La sensation de vie que dégageait ce spectacle la submergeait et faisait battre son cœur plus vite.

— La beauté de la nature me rappelle que je dois être meilleur, reprit-il.

— Je le sens, ce quelque chose de plus grand qui nous entoure, ce quelque chose de plus…

Elle prit une profonde inspiration et remplit ses poumons d'air chaud. Tout à coup, elle avait l'impression de revenir à la vie. Une force nouvelle palpitait en elle.

— J'ai toujours eu peur de ne jamais parvenir à devenir quelqu'un de plus…

— De plus ?

— Je pensais que plus voulait dire plus d'argent pour payer les factures, plus de nourriture, plus de vêtements pour toujours avoir chaud, plus de…

Le mot amour était sur le bout de sa langue mais elle ne le prononça pas.

— Je croyais que plus de choses matérielles m'apporteraient la paix et le bonheur. Mais après ces dernières nuits au palais…

Elle ne termina pas sa phrase. Elle n'osait pas.

— Le palais n'est pas suffisant à ton bonheur ?

— Si, bien sûr, mais… Les draps sont trop doux.

— Trop doux ? Je ne comprends pas.

— Le confort est une notion nouvelle pour moi. Il y a quelques jours à peine, j'enterrais mon père, j'étais menacée d'expulsion et…

— Quel est le rapport ?

— C'est simple. J'ai compris que le plus dont je rêvais était à l'intérieur de moi. J'ai compris que pour accepter la douceur des draps, je devais admettre que j'en étais digne.

— Et tu l'acceptes enfin ?

Elle soutint son regard quelques instants avant de répondre.

— Je n'ai jamais cru que j'étais digne de plus, digne de toutes ces choses que les autres considéraient comme des évidences. J'ai toujours eu l'impression d'être coincée à l'extérieur de la vraie vie, attendant que quelqu'un me laisse entrer. Malheureusement, personne ne souhaitait être ami avec la fille d'un ivrogne.

Elle voulait fermer les yeux et changer de sujet, mais l'intensité de son regard était telle, qu'elle l'en empêchait.

— Aujourd'hui encore, j'ai toujours peur d'être perçue comme la fille de l'ivrogne.

— Pourquoi ?

— Mon père ne m'a jamais aimée. Il passait son temps à me répéter que j'étais programmée pour échouer. Alors, si lui ne pouvait pas m'aimer, moi, sa propre fille, comment quelqu'un d'autre l'aurait-il pu ?

— Charlotte…

— J'étais décidée à l'aider, à ne pas le décevoir.

Elle ferma les yeux pour bloquer les larmes qui menaçaient de couler.

— J'étais déterminée à le maintenir en vie et j'ai échoué.

Voilà, elle l'avait dit, elle avait avoué la vérité. Son père l'avait convaincue qu'elle était destinée à échouer et, comme prévu, elle avait échoué. Il était mort parce que la seule fois où il avait eu besoin d'elle, elle n'était pas là.

— Tu n'as pas échoué, *qalbi*.

Elle rouvrit les yeux et le dévisagea.

— Bien sûr que si.

— Charlotte…

— Je suis toujours effrayée, aujourd'hui, le coupa-t-elle, mais je n'ai plus peur d'essayer. Je ne crains pas d'être ici ni de vivre.

Pour toute réponse, il réduit l'espace entre eux et l'embrassa avec une douceur inouïe, d'abord sur les paupières, puis sur les joues.

— Notre brève liaison a été le moment le plus heureux de ma vie, après l'un des pires, reprit-elle. Les services sociaux avaient découvert mon père ivre sur le canapé, le réfrigérateur vide. C'est pour cette raison qu'ils m'ont placée à l'orphelinat. Et puis je t'ai rencontré.

— Et ?

— Et, instantanément, tu es devenu tout pour moi. Tu étais beau, fort, mais surtout tu ne te souciais pas d'où je venais, ou de qui était mon père. Tu m'as montré comment survivre dans un environnement hostile. Avant toi, personne ne m'avait jamais aidée.

— Je me souviens de t'avoir offert un carnet de croquis et des crayons.

— À cette époque, je passais tout mon temps à te dessiner. Quand j'ai pu rentrer à la maison, et que nous avons fait tous ces plans pour nous enfuir le jour de ton dix-huitième anniversaire, j'ai compris qu'il y avait plus et que j'étais digne d'une vie meilleure. Hélas, après ton départ, j'étais tellement triste que j'ai fini par me convaincre que mon père avait raison et que je ne valais pas grand-chose. La preuve, je n'avais pas été suffisante pour la seule personne qui s'était jamais intéressée à moi.

— C'est faux !

— Je ne pouvais pas le savoir, je n'avais que seize ans. En plus, tu avais été la seule personne à tenter de me convaincre que je méritais mieux.

Il laissa échapper un petit rire.

— Je t'ai seulement montré où trouver les meilleures céréales dans la cuisine du foyer.

— Non, tu m'as montré qu'il y avait plus et que je pouvais être plus, à condition que j'ose, comme toi. Tu as quitté l'orphelinat pour travailler dans le bâtiment, tu rêvais de construire des gratte-ciel…

— Au lieu d'être ouvrier, je suis devenu roi.

— Cette vie est-elle meilleure ?

Des lignes profondes zébrèrent soudain son front. Tout à coup, il semblait songeur.

— Oui, répondit-il après quelques secondes de réflexion. Cette vie est meilleure.

— Pourquoi ? Je croyais que ton père était égoïste ?

Il lui lança un regard noir, comme s'il essayait de tuer ses questions dans l'œuf. Pourquoi ? Elle voulait savoir.

— Je veux savoir à quoi a ressemblé ta vie après ton départ de Londres. Craignais-tu de venir ici ? As-tu eu peur que les gens ne te voient que comme un garçon de l'assistance publique ?

— À mon arrivée, j'étais en colère, en colère contre toi, contre ton père et surtout contre le mien. En fait, j'avais trop de rage en moi pour pouvoir être effrayé.

— Que t'a dit ton père à ton arrivée ? Tu l'as questionné sur ta mère ?

— Personne ne questionne un roi.

— Même son fils ?

— Tout ce qu'il voyait quand il me regardait, c'était sa succession. Mon père avait juste besoin d'un héritier, pas du garçon que j'avais été ou de l'homme que je deviendrais.

— Et le reste de sa famille ?

— J'étais un enfant illégitime, répliqua-t-il d'une voix si dure qu'elle lui donna la chair de poule. Je n'étais rien, je venais de nulle part, et mon père ne s'est pas gêné pour me le rappeler.

— Tu es le fruit de l'amour.

— Non, je suis le fruit d'une aventure d'un soir. Quand je suis arrivé ici, j'ai dû oublier l'homme que j'étais et me métamorphoser pour devenir le prince héritier Akeem Abd al-Uzza.

— Ton père t'a obligé à mettre le jeune homme que tu étais dans un coffre, comme tu m'as demandé de le faire avec mes sentiments, n'est-ce pas ?

— Quelque chose comme ça, oui.

— Il t'a vraiment traité comme un moins que rien !

Émue, elle retint le cri qui montait dans sa gorge.

— Il te faisait croire que tu étais laid, mauvais et destiné à l'échec. Exactement comme mon père.

— Pas du tout ! Il a fait de moi un roi.

— Non, tu y es parvenu tout seul ! Avec ou sans lui, tu n'aurais jamais échoué.

— Je ne te crois pas quand tu dis que tu as encore peur, contrattaqua-t-il.

Il voulait changer de sujet de conversation ? Pas de problème.

— Pourquoi ne me crois-tu pas ?

— Tu n'avais pas peur sur le balcon, tout à l'heure, et tu n'as pas peur maintenant.

Il la croyait sans peur ? À cette idée, un sentiment de légèreté et de paix la traversa. Une sensation de triomphe, également.

— Je n'ai peut-être pas choisi d'être ici, Akeem, mais je suis encore capable de décider qui je suis et qui je veux être.

— Tu veux être la femme qui était sur le balcon ?

— Je veux être moi-même.

— C'est-à-dire ?

— À vrai dire, je ne sais pas… Mais je suis impatiente de le découvrir.

— Sur le balcon, tu étais une reine, et ici tu es…

— Une femme ?

— Oui.

— Rien ne m'empêche d'être les deux.

— Non, impossible d'être deux personnes dans un seul corps.

— Pas deux personnes mais une seule avec deux visages. Je refuse d'occulter une partie de moi-même.

Pensive, elle hocha la tête quelques instants avant de reprendre.

— C'est ce que tu fais, n'est-ce pas ? Tu te divises. Tu

montres à ton peuple le roi qui était sur le balcon et tu caches l'homme que tu es dans l'obscurité avec moi.

Il ne répondit pas. Au lieu de cela, il la fixa avec une intensité qu'elle n'avait jamais vue auparavant. Puis, sans un mot, il baissa la tête et écrasa sa bouche contre la sienne. Il l'embrassa si fort que toutes les voix dans sa tête se turent instantanément, la voix du doute et la voix de son père.

Comme neuf ans plus tôt, il devinait ce dont elle avait besoin. Sauf qu'aujourd'hui, elle n'avait pas besoin d'être apaisée. Elle avait besoin d'être touchée, d'être enflammée. Elle mourait d'envie qu'il mette le feu à toutes ces parties de son passé dont elle n'avait plus besoin pour ne garder que celles qu'elle désirait.

Il fit danser sa langue avec la sienne et, envoûtée, elle ferma les yeux. Comme il serait facile de se laisser aller au plaisir qu'il lui offrait…

Hélas, elle ne pouvait pas.

Elle n'avait pas envie qu'il occulte son histoire, la sienne ou celle des autres. Ce passé avait rendu possible le présent, il méritait de ne pas être oublié. Pour avancer, ils devaient même l'embrasser.

À regret, elle le repoussa donc.

— Tu te caches, Akeem !

— Pas du tout, je suis entre tes jambes, *qalbi*, répondit-il d'un ton malicieux avant de la plaquer contre le mur.

Il mentait, elle pouvait le sentir.

Il laissa sa bouche descendre vers son cou, tracer un chemin de baisers jusqu'à ses seins dont les tétons se dressaient. Puis il referma sa bouche autour d'une pointe tendue, l'aspirant avec le tissu dans sa bouche et, ensorcelée, elle s'arc-bouta contre lui. Il se laissait aller, et elle avait envie de l'encourager, même si elle percevait toujours cette distance, son refus de reconnaître le garçon qu'il avait été.

Il fuyait ? Pourquoi ne l'imiterait-elle pas, au moins pendant un moment ?

Peu à peu, elle oublia alors le passé, elle ignora le futur et se contenta de savourer le présent. Elle était vivante, c'était le plus important.

Des idées osées plein la tête, elle savoura la pression de sa bouche experte sur elle. La paroi de la grotte était dure contre son dos, mais elle s'en fichait. Elle avait choisi la vie et la sensualité.

Ses doigts glissèrent dans ses cheveux, descendirent à la base de son crâne, et elle laissa échapper un gémissement de plaisir.

Elle n'était plus qu'une boule d'émotions.

Submergée par une incroyable vague de féminité, elle agrippa ses épaules. Elle s'accrocha à lui tandis que le désir explosait en elle et lui donnait le vertige.

Quand il mit sa main sous sa jupe, fit glisser ses doigts le long de sa jambe puis effleura l'intérieur de sa cuisse, son cœur se mit à palpiter et sa température monta en flèche.

Il posa un doigt sur son bouton de plaisir et, incapable de résister plus longtemps à la volupté, elle s'abandonna à l'insupportable délice de sa caresse.

— Veux-tu que je te touche ici ?

— Oui ! Oui, je le veux.

Sans la moindre hésitation, il poussa sa culotte sur le côté, glissa ses doigts le long de ses replis humides et, à bout de souffle, elle se mit à haleter.

— Akeem !

— Je connais mon nom, lâcha-t-il dans un souffle avant d'insinuer un doigt en elle.

— C'est vrai ?

Elle leva les yeux vers son visage. Savait-il que l'homme entre ses jambes n'était pas le prince héritier ?

En guise de réponse, il posa ses lèvres douces sur la peau de sa poitrine, il la suça, il la mordilla. De sa main libre, il tira sur la dentelle rouge qui couvrait ses seins et les dévoila à son regard. Ses tétons tendus n'attendaient que sa bouche experte.

Comme s'il devinait son désir, il prit un téton entre ses lèvres et le suça. Il le mordilla jusqu'à ce qu'elle pousse de petits cris de plaisir.

Sous le choc, sous le charme, elle enfouit ses ongles dans son cuir chevelu. Des explosions de désir irradiant partout en elle, elle se tortilla autour de sa main, attisant ses caresses dans son intimité, cherchant toujours plus.

— S'il te plaît, le supplia-t-elle.

Elle avait envie de prononcer ce mot encore et encore. C'était son mot, désormais, il lui appartenait. Et Akeem serait le seul qu'elle supplierait jamais de la posséder.

Il enfonça un autre doigt en elle, imitant ce qu'elle rêvait qu'il fasse avec sa virilité qu'elle sentait tendue contre son ventre.

— Mon Dieu !

Il répondit en s'insinuant plus profondément encore. Ses doigts allaient et venaient entre ses lèvres moites et brûlantes, son pouce se déplaçant dans un mouvement circulaire hypnotique.

Son corps vibrant de la tête aux pieds, elle s'abandonna au plaisir, à la sensation de lui contre elle et de ses doigts entre ses cuisses. Elle n'était plus qu'une boule d'émotions. Elle avait l'impression que son cœur allait bondir hors de sa poitrine, tant il cognait fort.

— Je…

Elle ferma les yeux. Toute raison l'avait désertée. Elle ne pouvait plus réfléchir. Les sensations étaient trop nombreuses, trop intenses.

— Je veux te toucher moi aussi.

Elle passa une main sur son épaule, sur les muscles tendus et fermes de son dos puis la laissa s'attarder sur ses abdominaux musclés avant de descendre, toujours plus bas, mais il la stoppa dans son élan.

— Non.

Pourquoi ? Elle mourait d'envie de lui offrir autant de plaisir que lui.

— J'ai rêvé de ce moment depuis trop longtemps pour exploser après une seule caresse comme un adolescent dominé par ses hormones, répondit-il, à bout de souffle.

Il ne lui faisait pas un compliment, mais une déclaration. Il lui avouait son désir, tout simplement.

À cette idée, tous ses muscles se tendirent instantanément. Elle ne pouvait pas s'en empêcher, il l'envoûtait. Elle était heureuse de le mettre dans un tel état d'excitation.

— Je te veux en moi.

Il rompit le baiser en faisant un bruit ressemblant à moitié à un cri de guerre, à moitié à un rugissement puis il retira ses doigts avec une rapidité à couper le souffle. Il l'attrapa par les hanches, la souleva et la poussa contre le mur.

— Quand je te posséderai, quand je plongerai dans ta chaleur parce que tu m'auras supplié, ce ne sera pas contre un mur de pierre. Ce sera dans un lit. Dans mon lit.

Sa langue plongea à nouveau dans sa bouche tandis qu'il se frottait contre elle, encore et encore, allumant des dizaines de feux d'artifice en elle. Son désir rugissait désormais dans ses veines comme un torrent impétueux prêt à rompre ses digues.

— Akeem, cria-t-elle à la façon d'une supplique.

Ses confessions ne l'avaient pas mise mal à l'aise. Au contraire, elles avaient libéré une partie primitive d'elle-même.

Akeem aussi avait besoin d'affronter son passé, pas de l'occulter. Sinon, il ne serait jamais capable de fermer ce livre, comme il lui avait demandé de le faire.

Il cachait sa véritable personnalité au grand jour. Il s'abritait derrière le masque du futur roi. Mais cet Akeem, celui qui lui apportait du plaisir et ignorait le sien… C'était lui qu'elle voulait redécouvrir, l'homme passionné qui se trouvait entre ses jambes. Son Akeem.

Il continua à se frotter contre elle, attisant les palpitations de son cœur, électrisant tous ses sens, déclenchant un tsunami de sensations exquises en elle.

— Jouis pour moi, Charlotte.

Ses mots lui firent l'effet d'un coup de baguette magique et, instantanément, elle explosa. Un plaisir inextinguible s'empara d'elle et, en feu, elle s'effondra contre lui. Elle éclata en mille morceaux, son corps parcourut de milliers de frissons délicieux.

Il était chaud contre elle, dur. Elle percevait néanmoins

sa douceur. Il la protégeait tandis qu'elle redescendait des sommets de l'extase. Il la libérait en douceur.

Peut-être pourrait-elle, elle aussi, libérer Akeem, lorsqu'ils se trouveraient enfin dans son lit.

Bon sang, il avait vraiment perdu la tête ! Il avait plaqué sa future reine contre un mur !

Elle leva la tête vers lui, lui sourit, et ce sourire l'anéantit. Il brisa instantanément toutes ses défenses.

Pourtant, il ne sourit pas en retour. Hors de question de faiblir.

Elle l'avait autorisé à céder à ses pulsions charnelles, et il s'était comporté comme un sauvage. Il avait déchiré sa robe, il avait déchiré son soutien-gorge de dentelle… Son père avait raison, il n'était qu'une bête !

Il la fit redescendre sur le sol, retira sa cape et l'enroula autour de ses épaules avant de la dévisager.

Il fallait à tout prix qu'elle comprenne.

Décidé, il posa un doigt sur son menton et l'obligea à le regarder.

— Qui es-tu ?

Elle devait croire en elle, et il était déterminé à la guider sur le chemin de la confiance.

— Je suis Charlotte.

— Charlotte qui ?

— Charlotte Hegarty.

— Dis-le encore.

— Je suis… commença-t-elle avant de prendre une profonde inspiration. Je suis Charlotte Hegarty.

— Charlotte Hegarty mérite mieux que des draps en satin.

— Et toi, es-tu digne de ces draps en satin ?

— Je n'ai jamais refusé le plaisir.

— Tu t'es pourtant refusé à moi à chaque fois que l'occasion s'est présentée, lui rappela-t-elle d'un ton malicieux.

— Ne t'ai-je pas tout de même offert du plaisir ? Si je t'avais arraché ta culotte et que je t'avais possédée, je me serais comporté comme mon père, comme un homme vulgaire dominé par des désirs brutaux.

— Il n'y a rien de vulgaire dans ce que nous venons de partager.

Elle avait tort.

En cédant, il n'aurait été rien d'autre qu'un homme ordinaire. L'impulsion de l'homme qui était allé jusqu'à Londres pour assouvir sa vengeance aurait pris le dessus or il refusait de céder à nouveau, de se comporter comme un vulgaire séducteur et d'utiliser Charlotte.

Il n'avait pas pris de préservatif alors si elle était tombée enceinte parce qu'il n'avait pas été capable de se contrôler…

— Peux-tu me dire ton nom ? lui demanda-t-elle soudain, le sortant de sa réflexion.

Surpris, il fronça les sourcils. Pourquoi cette question ? Elle connaissait son nom.

— Je suis Akeem Abd al-Uzza, prince héritier de Taliedaa.

C'était la seule personne qu'il pouvait être, même ici, dans cette grotte à l'abri des regards.

— Cet homme vaut-il la peine ?

Il inspira une forte dose d'air. Cela faisait neuf ans qu'il essayait de prouver sa valeur en tant que prince héritier.

— C'est à nous de définir notre propre valeur, *qalbi*.

C'était d'ailleurs ce qu'il tentait de faire. Il essayait de ne pas se comporter comme son père ni comme le garçon qu'il avait été.

— Je suis si heureuse de savoir que le garçon que je connaissais a trouvé sa place, malgré son père et le mien, malgré l'orphelinat. Je suis soulagée de savoir que, en dépit des circonstances, il se soit trouvé un foyer.

D'accord, il vivait au palais mais était-ce son foyer ? Cela suggérait l'appartenance, l'acceptation or il ne connaissait ni l'une ni l'autre. Enfant, il n'avait pas eu de foyer.

— Ton père t'a répété que tu ne valais rien, continua-t-elle, et tu as prouvé au monde entier qu'il avait tort. Ta mère serait fière de toi.

Troublé, il ferma les yeux. Ses mots lui faisaient l'effet d'un coup de couteau en plein cœur. Tout ce qu'il avait fait, c'était en effet pour elle, pour sa mère, pour prouver que son sacrifice n'avait pas été vain.

Il refoula les mots qu'il voulait prononcer et, pour toute réponse, attira Charlotte dans ses bras avant de prendre le chemin de la sortie.

Il avait besoin de la sentir contre lui, de sentir sa présence, parce que tous ses sens étaient à vif. Jamais il ne s'était senti aussi désorienté depuis son arrivée à Taliedaa.

Après réflexion, inviter Charlotte ici avait été une erreur.

Il s'était exposé, il lui avait révélé les secrets de sa survie. Et maintenant, chaque fois qu'il viendrait ici pour se ressaisir et tenter de devenir meilleur, il verrait son visage. Or il ne voulait pas. Il ne voulait pas éprouver ce désir bestial.

Allait arriver un moment où il ne pourrait plus la distraire avec le sexe. Elle voudrait qu'il lui ouvre son cœur, elle lui poserait des questions… Que ferait-elle s'il ne pouvait pas répondre ? Ou quand elle découvrirait que le garçon qu'il avait été autrefois était mort ?

9.

Charlotte passa la pulpe de son pouce sur son esquisse pour estomper les lignes épaisses du fusain. Hélas, elle n'était pas satisfaite du dessin de ses mains, ces mains qui l'avaient maintenue contre ce mur, ces mains qu'il avait utilisées pour la faire fondre de plaisir, les mains d'Akeem, l'homme qui tentait de se cacher derrière son masque de futur roi.

Des domestiques lui avaient livré un chevalet hier soir, ainsi qu'un chariot pour ranger son matériel d'art, et elle était folle de joie. Rien ne la rendait plus heureuse que de dessiner.

— Lottie.

En toute hâte, elle referma son carnet de croquis et se retourna. Akeem se tenait derrière elle, vêtu d'un pantalon blanc et d'une longue tunique.

— Toujours pas terminé ? lui demanda-t-il.

Un sentiment de culpabilité lui fit aussitôt monter le rouge aux joues.

— Non, ce n'est pas terminé.

— Tu dessinais très vite, autrefois.

— Ça fait longtemps, répondit-elle en s'essuyant les mains. Je n'ai pas encore retrouvé tous mes réflexes.

— J'ai quelque chose qui va t'aider.

— Qu'est-ce que c'est ?

L'air mystérieux, il lui adressa un clin d'œil.

— Viens avec moi, je vais te montrer.

— Où ?

Plus il s'approchait d'elle, plus ses sens s'éveillaient.

— C'est une surprise.

— Une autre grotte ?

Il éclata de rire et tendit son doigt vers son visage.

— Tu as du fusain sur le bout du nez.

Pour toute réponse, elle posa son fusain sur son nouveau chariot et se leva.

— Je viens avec toi à condition que tu me parles de cette montre.

Elle la retira, lui tendit, et il se figea aussitôt.

— Qu'y a-t-il à dire ? Ma mère a attaché cette montre à mon poignet lors de mon premier jour d'école et l'a récupérée quand elle est venue me chercher le soir. Elle a répété cette action chaque jour jusqu'à… Jusqu'à sa mort. C'est aussi simple que cela.

— Je ne suis pas d'accord.

Les bras croisés, elle se planta devant lui.

— Tout ça, ce ne sont que des faits.

— Il n'y a rien d'autre à dire. Maintenant, allons-y.

— Parle-moi du garçon qui, chaque jour, portait cette montre à son poignet. Parle-moi du garçon qui l'a conservée pendant toutes ces années. J'ai envie de comprendre.

— Il n'y a rien à comprendre, répliqua-t-il, son visage désormais fermé.

— Il a survécu tant bien que mal, n'est-ce pas ?

Il lui suffisait d'imaginer le petit garçon abandonné de tous pour que les larmes lui montent aux yeux.

— Sans doute, finit-il par répondre en haussant les épaules.

— Cela a dû être difficile de survivre seul pendant si longtemps. Avec seulement ceci…

Elle baissa les yeux vers la montre et avala tant bien que mal sa salive avant de le dévisager à nouveau. Tout à coup, il semblait furieux. Pourquoi ?

— Nous avons tous les deux dû survivre.

— Encore aujourd'hui, tu survis.

— De quoi parles-tu ?

— Depuis mon arrivée, j'ai l'impression que tu utilises des mécanismes de défense, que tu te caches…

— Je ne me cache pas, je suis juste en face de toi.

— C'est vrai, mais tu t'éloignes à chaque fois que je tente de m'approcher. La nuit dernière, tu t'es éloigné. Pas physiquement mais mentalement.

Les mains sur les hanches, elle le regarda droit dans les yeux. Hors de question de laisser tomber, elle voulait qu'il comprenne.

— Tu t'es enfui, Akeem.

— Ce n'est pas vrai, j'étais à ton côté.

— Non. Tu m'as distraite et je t'ai laissée faire, parce que la fuite, c'est quelque chose que je connais et…

Elle s'interrompit, cherchant les bons mots.

— Je suis consciente qu'il est difficile de laisser quelqu'un devenir proche de soi, que c'est effrayant. Je t'ai laissé lire en moi, hier soir, parce que je pense que nous pourrions être une famille.

— Une famille… répéta-t-il en levant les yeux au ciel.

— À défaut d'être une famille, nous pourrions au moins être amis.

— Les amis ne partagent pas notre alchimie.

— Je te rappelle que nous allons nous marier.

Son visage demeura impassible mais elle le vit serrer les poings, renforçant son courage d'insister.

— J'ai grandi toute seule. Passer sous silence mon passé est une habitude que j'ai du mal à abandonner. Mais aujourd'hui, je ne veux plus occulter ces années. D'ailleurs, t'en parler m'a permis de me libérer.

Elle s'interrompit quelques instants et hocha la tête. Elle ne s'exprimait pas bien, elle n'était pas claire.

— Il va me falloir du temps pour ne plus entendre la voix de mon père, pour ne plus l'entendre m'ordonner d'obéir, mais aujourd'hui, je ne suis plus obligée de me taire et de me soumettre. Et toi non plus.

— Nous ne nous marions que pour mon peuple.

— Un mariage est l'union de deux personnes qui doivent être honnêtes l'une envers l'autre, insista-t-elle. Quand l'un tente de fuir, l'autre court dans la même direction pour rappeler au premier qu'ils méritent leur bonheur. Lorsque j'ai tenté de fuir, dans la grotte, de me cacher, tu m'as rattrapée et tu m'as dit que je méritais le bonheur.

Ses mots l'avaient beaucoup émue. C'était la première fois qu'elle les entendait. Elle se força néanmoins à refouler ce souvenir. Pour l'instant, sa priorité c'était lui.

— La prochaine fois que tu veux t'enfuir, Akeem, sache que je m'enfuirai avec toi parce que, que ça te plaise ou non, je serai ta reine. Je serai ta famille.

— Pourquoi est-ce si important pour toi de me rattraper, *qalbi* ? lui demanda-t-il, reprenant le contrôle de la conversation alors qu'il n'avait qu'une envie : fuir.

Elle avait attaché ses longs cheveux en arrière, et il rêvait de libérer ses boucles pour les voir descendre en cascade jusqu'au creux de ses reins. Il se força néanmoins à refouler son désir.

— Tu m'as expliqué comment et pourquoi tu es devenue la Charlotte que tu es aujourd'hui mais tu ne m'as pas dit pourquoi tu tiens autant à m'aider ?

— Je te rappelle que tu ne m'as pas vraiment donné le choix.

— Nous faisons tous des choix.

Il aurait pu décider d'être un homme ordinaire. Au lieu de cela, il avait choisi de se conduire comme un prince. Et il avait fait le bon choix.

Et elle ?

— Tu as fait le choix d'obtenir ton diplôme.

— Pourquoi changes-tu de sujet ?

Il baissa les yeux. Et voilà, tout recommençait. Par sa présence, ses mots, son parfum, elle l'ensorcelait. Elle brisait ses murs de défense.

Incapable de résister à la tentation, il tendit la main, caressa sa nuque délicate et détacha ses cheveux.

— Pourquoi veux-tu à ce point m'aider, Charlotte ?

— Par gentillesse ?

Il secoua la tête, il détestait la faiblesse.

Le roi n'avait pas besoin de gentillesse, les émotions n'avaient pas leur place dans la vie du souverain. Son père lui avait enseigné cette leçon, et il avait décidé, des années plus tôt, qu'il mettrait de côté ses sentiments. Son destin était de perpétuer un héritage, pas de pleurer sa mère ou de regretter l'amour que son père lui avait refusé.

Il n'avait plus besoin de savoir pourquoi ils l'avaient abandonné, il n'était plus ce garçon. Il était un roi, désormais. Il était le roi de Taliedaa.

Malgré tout, elle était là, devant lui, et elle lui offrait son aide.

— Non, pas par gentillesse, répondit-elle à sa propre question. J'ai connu un garçon, autrefois, qui est devenu un prince. Je lui dois beaucoup car il m'a montré qu'il existait une autre façon de vivre. Malheureusement, quand je l'ai perdu, j'ai oublié qu'il existait une vie alternative.

— Et aujourd'hui ?

— Je lui dois toujours beaucoup. J'ai surtout compris qu'il n'était pas responsable de mes échecs. C'est ma faute si je n'ai pas changé de vie et aujourd'hui, je suis prête à aller de l'avant.

— Avec ce garçon ? demanda-t-il d'une voix à peine plus forte qu'un murmure.

— Avec ce garçon et avec le prince. Il s'agit d'un seul et même homme. Le prince m'a expliqué qu'il ne pourrait plus jamais être ce garçon, parce qu'il avait dû devenir quelqu'un d'autre, je suis pourtant persuadé qu'il peut être les deux hommes. J'aimerais qu'il soit ces deux hommes.

— Je ne suis pas la personne que tu recherches, Charlotte. La vie n'est pas un conte de fées. Les baguettes magiques, les crapauds à embrasser, les princes charmants… Tout cela n'existe que dans les livres.

— Avec moi, tu peux être le garçon que tu étais autrefois

Non, elle avait tort.

— Ce garçon était faible.

— Et le roi est fort ?

— Le roi possède le pouvoir, il inspire le respect.

— Et maintenant tu vas m'embrasser, n'est-ce pas ?

— Oui.

Sans réfléchir un instant de plus, il fonça droit sur elle et se fondit dans la chaleur de son corps. Il se força à faire taire la petite voix dans sa tête qui lui répétait qu'il n'était pas digne d'être son ami, qu'il était faible.

Encore une fois, il la distrayait. Il fuyait la discussion.

En feu, il prit possession de sa bouche voluptueuse et glissa ses mains sous sa tunique. Il agrippa ses hanches et la plaqua contre lui mais elle le repoussa.

— Non.

— Non ?

— La fuite, c'est terminé. Dans la grotte, je t'ai avoué tous mes secrets. À ton tour maintenant de chuchoter des secrets à mon oreille.

— Je ne chuchote pas, *qalbi*, rétorqua-t-il avant d'ouvrir la porte en grand. Je rugis !

En silence, elle suivit Akeem dans un long couloir.

Soudain, celui-ci s'arrêta.

— Nous y sommes.

— Je vois une porte. La porte de ta chambre ?

Pour toute réponse, il secoua la tête.

Elle inspira profondément, un mélange de regrets et de soulagement venait de l'envahir.

— Non, c'est une pièce pour toi, lui expliqua-t-il en poussant la porte avant de s'écarter pour la laisser passer.

De peur de l'effleurer, elle ne bougea pas. Elle n'osait pas parce que le toucher l'entraînerait dans une spirale de mille émotions, qui risquerait de lui faire perdre la tête.

Elle serra alors les poings et tenta de se calmer, de réfléchir.

— Pourquoi fais-tu cela ?

— Je veux que ce mariage fonctionne, malgré les circonstances.

Les yeux dans les yeux, il reprit.

— Tes cours commencent demain.
— Mes cours ?
L'excitation la gagna, sa respiration accéléra.
— Pour obtenir ton diplôme.
— Mais comment… Qui…
— Une véritable artiste, qui connaît un succès certain dans le monde de l'art européen, te donnera des cours. Elle est en train de s'installer dans ses appartements.
Son regard fit le tour de la pièce. Elle apercevait des tubes contenant sans doute des feuilles de tailles différentes, des pots de peinture, des crayons, des fusains…
— Cet atelier sera ta salle de cours.
Elle allait avoir un atelier ? Un atelier rien qu'à elle ?
— Pourquoi ?
— Pour que tu puisses enfin réaliser tes rêves.
— Et tes rêves à toi ?
Ses yeux noirs fixés sur elle, il alla refermer la porte.
— Je rêve d'être le roi que mon père n'était pas.
— Pourquoi est-ce si important d'être son héritier plutôt que le fils de ta mère ? Pourquoi ne peux-tu pas être les deux à la fois ?

Il avala tant bien que mal sa salive, ravalant la rage qui rugissait en lui.
— Le garçon dont tu parles n'a connu qu'un seul type de vie, une vie dans des orphelinats car il était trop remuant pour être adopté. L'adolescent qu'il est devenu était trop violent pour être dans une famille d'accueil. Ce garçon n'était pas désiré, cet adolescent était détesté. Quant à l'homme…
Il haussa les épaules et soupira.
— Cet homme est devenu roi.
— Je désirais ce garçon !
— Tu voulais t'échapper, *qalbi*, pas moi ! Tu voulais juste une nouvelle vie loin de ton père. Nous sommes aujourd'hui tous les deux assez mûrs pour reconnaître la vérité.

— Dis-m'en plus sur le garçon qui est devenu roi.

À quoi bon ? Il en avait assez dit dans la grotte. Inutile de revenir sur le sujet.

— Dis-moi, insista-t-elle de sa voix douce qui l'envoûtait.

Et voilà, la lueur de bonté dans ses yeux était de retour. Cette gentillesse était la raison pour laquelle il s'était entiché d'elle, à l'orphelinat.

Ses mains se dirigèrent vers elle avant qu'il ne puisse les retenir. Elles se posèrent sur ses hanches sensuelles et il l'attira vers lui. Il la plaqua contre son corps en feu.

— Toute ma vie, j'ai voulu ce « plus » dont tu parles. Et maintenant je l'ai. J'ai le pouvoir alors le passé n'a plus aucune importance.

— Tu veux le contrôle ?

— Je l'ai déjà, répondit-il en la relâchant.

En fait, ce n'était pas le pouvoir qu'il désirait. Il ne voulait pas avoir de pouvoir sur elle.

De toute façon, c'est l'inverse, c'est elle qui exerce un pouvoir sur toi.

Il fit taire la petite voix dans sa tête.

— Le nom de ma mère était aussi indésirable que le mien, avant que je devienne roi. Pour tout le monde, je n'étais qu'un bâtard, un imposteur. Ce n'est que lorsque j'ai réussi à me métamorphoser en prince héritier qu'ils ont appelé ma mère par son nom et moi par le mien.

— Ton nouveau nom ?

Il ne répondit pas.

— Quel que soit le titre que tu portes, tu seras toujours Akeem. Pas l'héritier illégitime de ton père, ou le résultat d'une quelconque relation entre tes parents, juste Akeem.

— Stop !

— Je ne comprends pas comment tu peux penser qu'ignorer l'homme que tu étais fera de toi un meilleur roi. Ton passé n'est pas l'ennemi. Contrairement à ce que ton père t'a fait croire, tu as le droit d'éprouver des sentiments. Ce sont même tes sentiments qui te rendent plus fort.

— Assez !

— Tu as affirmé que ton père était un mauvais roi qui ne se préoccupait pas des problèmes de son peuple, se contentant de rechercher le plaisir sans penser aux autres. Or tu connais les problèmes des vraies gens, puisque tu as connu cette vie. Pourquoi ne pas dire à ton peuple qu'en raison de ton passé tu seras le roi dont ils ont besoin.

— Le peuple ne sait pas ce qu'il veut.

— Il a besoin de toi, Akeem, pas d'un roi qui se bat contre lui-même et son passé.

Elle ment. Les sentiments ne sont pas une force. Au contraire, et le passé est une faiblesse.

— Le nom de ma mère sera toujours méprisé si je ne prouve pas que je ne suis ni le fils de mon père ni le sien, mais un homme différent. Un homme plus fort. Un homme meilleur.

— Tu es fort aujourd'hui mais tu l'étais déjà avant.

Il ferma les yeux.

— Plus rien ne t'empêche de rugir.

Sa respiration devint de plus en plus rapide. Il rouvrit les yeux.

— Oui, je vais rugir.

En quelques pas, il la rejoignit et lui prit le poignet. Il laissa sa main remonter sur son bras, jusqu'au creux de son cou, traçant des cercles lents sur sa peau satinée.

— Toi aussi, tu rugiras.

Sans un mot de plus, il l'entraîna avec lui dans une autre pièce et referma la porte derrière eux d'un coup de pied.

Qui menait l'autre ? Il l'ignorait. La seule chose qu'il savait, c'était qu'ils étaient ici, devant son lit. Enfin.

Un gémissement délicieux s'échappa de sa gorge sensuelle lorsqu'il l'allongea au milieu du lit habillé de soie. Ses mains fines se promenaient sur lui, cherchant l'ourlet de sa tunique.

— Je veux te voir, murmura-t-elle.

— Je suis juste en face de toi.

Les yeux dans les yeux, elle posa ses mains sur son ventre plat.

— Je veux te sentir contre moi. Je veux sentir l'homme qui se cache derrière le masque.

Elle souleva sa tunique un peu plus haut, exposant ses tétons tendus puis en serra un entre deux doigts.

— Je veux te voir, toi, Akeem.

Gémissant, il retira sa tunique et la jeta sur le sol.

— Touche-moi.

Elle obéit. Elle posa sa paume chaude contre son cœur et laissa ses doigts sensuels aller et venir sur son torse.

— Tu es parfait, susurra-t-elle tandis que ses doigts descendaient, toujours plus bas.

Elle les accrocha à la ceinture de son pantalon mais il les stoppa dans leur élan. Il attrapa ses poignets et les plaqua au-dessus de sa tête.

— J'ai beaucoup rêvé à ce moment.

— Akeem…

Lorsqu'il saisit les coutures de sa robe et la déchira en deux pour exposer ses seins recouverts de dentelle noire, elle poussa un petit miaulement.

— J'ai tellement rêvé d'être un roi entre tes cuisses… J'ai rêvé, encore et encore, d'un plaisir exquis au milieu d'un décor fleurant bon le luxe.

— Et maintenant ?

Fougueux, il embrassa son cou, savourant la douceur de la femme et la sueur fraîche et terreuse de la passion. Le léger picotement du sel sur sa langue attisait sa gourmandise. Il avait soudain envie de l'embrasser jusqu'à perdre haleine, pour laisser sa marque.

Elle est déjà marquée. Et toi aussi.

Se forçant à ralentir, à contenir l'urgence et son désir de s'attarder sur son intimité, il dégrafa son soutien-gorge.

— Tu es si belle, murmura-t-il, en embrassant sa peau laiteuse avant de descendre vers un mamelon plus foncé.

Il referma sa bouche sur la pointe dressée et ses petits miaulements accélérèrent, ses ongles s'enfoncèrent dans sa peau.

— Tu es tellement sensible, *qalbi*.

Des idées osées plein la tête, il déposa une nuée de baisers humides dans la vallée de ses seins.

— Je te veux, Akeem Ali, fils de Yamina Ali.

Ses prunelles, couleur émeraude, plongèrent dans les siens.

— Je te veux aussi, prince héritier, futur roi de Taliedaa.

Ces mots électrisèrent tous ses sens, et il oublia toute retenue. Il plongea, il s'abandonna à cette douce torpeur. Elle voulait tout de lui, elle aurait tout de lui, jusqu'à ce qu'elle ne se soucie plus de l'homme qui était en elle, le garçon ou le roi.

Il écrasa sa bouche contre sa peau et l'embrassa plus fort. Une drôle de sensation lui serrant le ventre, il déposa des milliers de baisers sur ses hanches puis fit glisser son pantalon le long de ses jambes.

Il se plaça entre ses cuisses, et lorsque sa virilité effleura son intimité, il n'hésita pas. Il donna un puissant coup de reins.

— Dis oui.

Encore un mouvement et ils ne feraient plus qu'un.

— Dis-moi que c'est ce que tu veux.

— J'ai besoin de toi, Akeem.

Elle enroula ses jambes autour de ses hanches.

— J'ai besoin de vous deux. En moi.

Elle se donnait à lui, complètement.

À cette idée, la pièce se mit à tourbillonner autour de lui. La sensation était si puissante qu'il avait le vertige.

Un désir intense tourbillonnant en lui, il s'enfonça profondément en elle et se mit à aller et venir.

— Akeem… Oh ! Akeem !

Elle bascula ses hanches pour l'inviter plus loin en elle.

— Charlotte !

Enivré par sa féminité, par sa sensualité, il chavirait.

Elle saisit son menton pour l'obliger à la regarder et l'embrassa. Ce baiser était une promesse, un pacte sans paroles, comme neuf ans plus tôt.

Un nouveau coup de reins et il s'abandonna.

Il était perdu, et elle aussi. Le garçon et le futur roi rendaient les armes devant Charlotte Hegarty.

À cet instant, il ne pensait plus à son devoir.

— Akeem !

Charlotte sanglota sur son épaule. Elle s'accrocha à lui tandis qu'il allait et venait en elle, tenant sa promesse de lui offrir un plaisir extrême. Lui, l'homme qu'elle avait toujours désiré, l'homme qu'elle ne cesserait jamais de désirer.

Ce plaisir était dévorant et accablant. Peau contre peau, ils étaient tout ce qu'ils avaient été et tout ce qu'ils étaient devenus, un homme et une femme à la recherche d'un refuge dans les bras l'un de l'autre.

Il était son oasis, et elle était le sien. Cela avait toujours été le cas.

Il ne s'agissait que de sexe, lui rappela une petite voix dans sa tête. Le sexe ne réparait rien, même si le corps à corps était incroyable.

Par contre, l'amour pouvait tout réparer.

Et elle l'aimait.

Elle l'aimait ? Sous le choc de cette révélation, elle retint son souffle.

Peu à peu, ses muscles se tendirent, et son intimité se serra autour de son sexe. Elle poussa un cri, l'encourageant à lui faire l'amour plus vite, plus fort parce qu'elle aimait l'amour que lui offrait son corps. Et elle l'aimait, lui.

Ils se complétaient parfaitement.

Ils s'étaient toujours complétés. Sous le chêne, devant la télévision, dans des pubs délabrés, dans un hélicoptère survolant le désert, en sous-vêtements sur un trône, dans une robe de bal rouge, dans une grotte, dans son lit…

Elle aimait le garçon qu'il avait été, et le prince incertain qu'il était devenu ainsi que le roi parfait qu'il voulait devenir.

Le sexe n'était pas la solution mais l'amour pouvait l'être.

— Jouis pour moi, *qalbi*. Tout de suite.

À ces mots, elle toucha les étoiles. Une lumière aveuglante jaillit derrière ses paupières closes et s'empara d'elle. Elle l'aimait.

Son corps arc-bouté contre le sien, il explosa à son tour avant de s'effondrer sur elle.

Pendant un long moment, ils demeurèrent enfermés dans leur étreinte, jusqu'à ce que leurs cœurs en ébullition ralentissent. Puis il se retira avant de tirer le drap sur elle.

— Dors, *qalbi*.

En sécurité dans ses bras, protégée par la sécurité de son amour, elle ferma les yeux.

10.

Le petit garçon était encore en vie.

En lui.

L'enfant illégitime de Yamina Ali respirait encore.

Il déglutit et laissa son regard vagabonder.

Lorsqu'il avait fait visiter l'atelier à Charlotte, il avait accepté de jouer avec elle à son petit jeu de voyage dans le passé. Puis il l'avait laissée le dessiner, avec et sans ses vêtements. Il l'avait laissée le toucher sans retenue. Des heures durant, elle lui avait parlé de son passé, de sa famille, jusqu'à ce qu'elle s'endorme profondément, visiblement heureuse. Et pour la première fois depuis longtemps, lui aussi s'était endormi, satisfait, parce qu'il était chez lui, dans le seul foyer qu'il ait jamais vraiment connu.

Avec elle.

Malheureusement, lui faire l'amour et céder à la passion, confesser comment son passé l'avait façonné, et le modelait encore, l'avait rendu faible. Or il s'était juré de ne plus jamais se retrouver dans une telle situation de vulnérabilité.

Alors il avait fait un choix et l'avait renvoyée dans son lit. Après cet après-midi qui s'était transformé en nuit, il l'avait abandonnée et en avait profité pour s'immerger dans le travail, remettant dans sa cage l'homme qu'elle avait libéré pendant quelques heures.

Jusqu'à aujourd'hui, jusqu'au jour de leur mariage.

Aujourd'hui, le petit garçon en lui hurlait comme une bête sauvage, la réclamant à ses côtés. Il avait besoin d'elle, de sa présence, de sa main, de son calme.

Le petit garçon en lui pouvait bien taper des pieds autant qu'il voulait, l'heure de la retrouver n'était pas encore venue. Pour le moment, il était temps pour le roi de se marier.

Il se retourna.

Elle était là. Il ne la voyait pas mais il le savait, son corps le sentait.

Quelques secondes plus tard, il l'aperçut enfin. Sa future épouse. Sa Charlotte, vêtue d'une robe de mariée qui épousait son corps comme une seconde peau.

Sous le voile crème brodé d'or qui couvrait ses cheveux et descendait sur ses épaules puis le long de son dos, il apercevait ses lèvres appétissantes couleur cerise.

Son regard se fixa sur les lignes de ses hanches.

Quelques jours plus tôt, il les avait agrippées avant de s'enfoncer en elle et de se perdre dans sa chaleur, jusqu'à en oublier son nom.

Aujourd'hui, il connaissait son nom. Il était le prince héritier Akeem Abd al-Uzza, fils de feu le roi Saleem Abd al-Uzza et futur roi de Taliedaa.

Peu à peu, son désir pour elle s'éveilla, sa gorge se noua. Malheureusement, il ne pouvait pas céder à son attirance pour elle. Impossible d'échapper aux caméras qui diffuseraient en direct leurs noces, ni aux princes, princesses et autres dignitaires venus des quatre coins du monde qui les entoureraient.

Après la cérémonie, il y aurait un repas, puis la nuit de noce.

Akeem coucherait avec Charlotte une dernière fois. Après, il serait enfin débarrassé du petit garçon qu'il avait été et qu'elle avait fait renaître, ce petit garçon auquel il ne pouvait se permettre de penser. Il le remettrait dans sa boîte et l'enterrerait profondément. Ensuite seulement, il pourrait devenir le roi que le royaume de Taliedaa méritait.

Et elle ? Que gagnerait-elle dans l'opération ?

Il lui donnerait l'espace nécessaire pour devenir la femme qu'elle était destinée à être, une reine le jour et une artiste la nuit. Par contre, son lit lui demeurerait interdit. Il ne pouvait pas se permettre de ressentir le moindre sentiment.

Il détourna le regard, se forçant à ignorer le désir qui menaçait de l'engloutir. Bientôt, le monde n'aurait d'yeux que pour lui, pour eux. Il ferait honneur à son peuple et à son pays, il s'en faisait la promesse.

Une image de sa mère, avec sa longue silhouette, revint soudain à son esprit. Il se souvenait de son parfum, de sa chaleur, de son amour. Hélas, il ne voyait pas son visage. Chaque jour, il devenait même un peu plus flou dans son esprit.

Une vague de culpabilité l'envahit, comme à chaque fois qu'il pensait à elle, mais il la refoula. Il ne pouvait pas se souvenir d'elle, pas maintenant, il n'avait pas le temps.

Tandis que Charlotte remontait l'allée, il promena son regard sur les invités rassemblés en rangs serrés. Ils n'avaient d'yeux que pour elle, leur future reine.

Lorsqu'elle le rejoignit enfin, elle releva son voile, découvrant ses beaux yeux couleur émeraude, et son cœur s'emballa aussitôt.

— Tu m'as manqué, murmura-t-elle d'une voix douce qui brisa sa bulle de concentration.

Pour toute réponse, il prit son coude et, ensemble, ils se tournèrent vers l'homme qui allait les unir.

— Tu m'as manqué également.

C'était la vérité. Charlotte lui avait manqué plus que tout au monde.

Elle était désormais Charlotte Abd al-Uzza, future reine de Taliedaa… Elle était mariée… Un frisson d'excitation glissa le long de son dos.

Ce soir était le grand soir. Dans quelques heures, Akeem serait à nouveau à elle, comme il l'avait été l'autre jour dans l'atelier. Elle allait retrouver l'homme sous la couronne, son Akeem.

Depuis la cérémonie, il avait été à son côté à chaque étape de la journée, à chaque présentation à un dignitaire du royaume, à chaque bouchée du repas de gala. Par ces petits gestes, il lui avait prouvé que, quel que soit le déguisement qu'il portait, il était l'homme auquel elle avait fait l'amour.

L'homme qu'elle aimait.

Une cloche résonna soudain, et les serviteurs ouvrirent les portes au bout de la salle. L'heure du feu d'artifice était arrivée.

Sans attendre, les invités commencèrent à sortir.

La main d'Akeem se posa sur le coude de Charlotte, et il la guida vers la terrasse qui offrait une vue à couper le souffle sur la capitale et le désert au loin. Il ne s'arrêta pas. Il passa sous une arche percée dans un mur de pierre rouge et déverrouilla une porte. Il l'attira ensuite dans une autre cour et referma la porte derrière eux.

Au cœur de cette cour, abritée derrière de hauts murs, se trouvait un bassin illuminé par des dizaines de chandelles.

— Charlotte…

Il se plaça devant elle et, comme par magie, l'ambiance devint plus électrique. Elle frissonna.

— Akeem… Tu es là, c'est toi.

— En chair et en os.

Son regard se fixa sur sa bouche, sur ces lèvres pleines et sensuelles qui prononçaient son nom comme si elle était la seule femme au monde.

Elle lui appartenait. Elle avait toujours appartenu à cet homme qui se cachait sous sa couronne, son mari.

En apparence, ils semblaient des êtres opposés, poussés l'un vers l'autre par une puissance invisible mais, en fait, ils étaient les mêmes. Ils étaient complémentaires.

À l'instant où il baissa la tête, elle leva la sienne, et leurs bouches se rencontrèrent. Ce baiser n'était pas parfait. Non, ce baiser était encore meilleur. C'était le baiser d'un homme qui embrassait sa femme, le même que lorsqu'il avait baissé la garde devant son passé, dans l'atelier.

Ce soir, il se livrait à nouveau.

Émue, elle prit son visage en coupe et l'embrassa avec

gourmandise. Elle fit danser sa langue avec la sienne, le goûtant, le savourant. Des feux d'artifice de désir étaient en train d'exploser en eux.

Délaissant soudain ses lèvres, il se concentra sur son cou. Sa bouche partit à l'assaut de ses sens, ses mains expertes allant et venant sur ses hanches, faisant pétiller chaque centimètre carré de sa peau.

Il la retourna face au mur.

— Je ne peux pas attendre, murmura-t-il, la voix étouffée. J'ai besoin…

— J'ai besoin de toi, moi aussi.

Elle plaça ses mains sur les siennes et les guida jusqu'à ses seins.

— Je ne veux pas attendre.

Il serra ses seins, plaqua ses hanches contre les siennes et sa chaleur masculine irradia tout son corps. Sous le choc, sous le charme, elle se cambra et rejeta la tête en arrière.

— Akeem…

Ses mains expertes commencèrent à descendre, toujours plus bas, allumant des étincelles partout où elles se posaient.

— Dis-le pour moi.

À travers le tissu de sa robe, il plaqua ses doigts contre l'entrée de son intimité et l'électrisa.

— Dis s'il te plaît.

— S'il te plaît, Akeem !

Les yeux fermés, sa main trouva son sexe durci, et elle le caressa de haut en bas.

— S'il te plaît, répéta-t-elle.

Heureuse de le sentir palpiter sous le tissu tendu de son pantalon, elle esquissa un sourire mutin avant de le libérer.

— S'il te plaît.

— Lottie… gémit-il, attisant un peu plus son impatience et sa soif de plaisir.

Ensorcelée, elle referma la main autour de sa virilité tendue à l'extrême, en effleura le bout humide, puis se mit à aller et venir le long de sa longueur.

— S’il te plaît, Akeem, fais l’amour à ta femme.

Prononcer ces mots fit battre son cœur encore plus fort dans sa poitrine. Ils formaient une famille, désormais.

— Fais-moi l’amour, insista-t-elle.

Il saisit la main qui le caressait, puis l’autre, et les plaça au-dessus de sa tête, contre le mur.

— Femme… murmura-t-il contre sa joue, ses hanches se pressant contre ses fesses.

Soulevant son épaisse chevelure, il déposa une nuée de baisers dans le creux de sa nuque tandis que ses mains descendaient le long de ses bras et revenaient sur sa taille.

À genoux, il attrapa le bas de sa robe et la releva, exposant ses mollets, ses genoux puis ses cuisses. Il la remonta jusqu’à ce que la robe repose sur ses hanches, exposant ses fesses habillées de dentelle blanche.

Il s’arrêta, et elle demeura immobile, en feu. Les flammes qui miroitaient dans ses prunelles donnaient un coup de fouet à son désir. Vibrant de la tête aux pieds, elle n’avait plus qu’une envie, s’abandonner à la force de l’attraction qui palpitait entre eux.

— Femme…

Ses mains expertes s’insinuèrent entre ses cuisses et, incapable de résister à la tentation, elle tourna la tête pour réclamer sa bouche. Il obéit et l’embarqua dans un baiser d’une gourmandise inouïe tandis que ses doigts se faufilaient dans sa culotte et trouvaient son intimité moite.

— Tu es à moi, rugit-il entre deux baisers.

Son pouce s’attardant sur son bouton de plaisir, il écarta ses cuisses avec son genou et la pénétra d’un coup de reins puissant et précis.

— Akeem !

— Mari, corrigea-t-il.

Il allait et venait si fort en elle qu’elle était à bout de souffle. Elle n’était plus qu’une boule d’émotions. Elle était à lui. Entièrement à lui. Corps et âme.

— Mari ! cria-t-elle, resserrant ses muscles intimes autour de sa virilité.

Ils ne formaient plus qu'un. Ils étaient ensemble, malgré tout et à cause de tout, et ils étaient mariés.

Mais pouvait-il l'aimer ? Pas seulement son corps, mais elle ? Le roi pouvait-il aimer sa reine ?

Et elle, pourrait-elle les aimer tous les deux, l'homme et le roi ? Pourrait-elle l'aimer suffisamment pour qu'ils restent ensemble et forment une famille, même s'il ne l'aimait pas ? S'il ne pouvait pas l'aimer en retour ?

Après tout, son amour n'avait pas été suffisant pour son père.

Elle fit taire la voix dans sa tête et se concentra plutôt sur le rythme haletant de leurs respirations, sur leurs deux corps unis, brûlants.

— Aime-moi plus fort ! Aime-moi !

Tout ce qu'elle voulait, c'était son amour.

Et il obéit. En réponse, elle s'arc-bouta un peu plus à chaque coup de reins, se lovant contre sa chaleur.

— Charlotte ! Mon épouse…

Un dernier coup de reins et il déversa en elle des flots d'amour. Un cri de volupté s'échappa de sa gorge tandis qu'elle le rejoignait dans l'extase. Son orgasme était si fort, que ses jambes se dérobaient sous elle.

À bout de souffle, il la serra contre son torse puissant pour qu'elle ne tombe pas. Tout comme il l'avait soutenue à Londres, l'empêchant de sombrer dans le chagrin et le désespoir, tout comme il l'avait soutenue dans l'avion, il la soutenait maintenant en tant qu'épouse.

Un feu d'artifice aux couleurs de l'arc-en-ciel éclata soudain au-dessus d'eux. De concert, ils levèrent la tête et assistèrent au bouquet final avant qu'un tsunami d'émotion et de tendresse n'envahisse Charlotte.

— Je t'aime.

Elle n'avait pas pu s'empêcher de prononcer ces mots.

Bon sang, qu'avait-il fait ?

Il se dégagea, la tenant pour qu'elle ne tombe pas et, d'un geste, remit sa robe en place.

— Tu m'aimes ? répéta-t-il en remontant sa braguette.

Pendant quatre jours, il lui avait résisté. Puis il avait craqué, se comportant comme un homme ordinaire avec des besoins ordinaires, des sentiments ordinaires, un homme qui ne se contrôlait pas, qui agissait sans penser aux conséquences.

Son père lui avait pourtant montré les risques d'une telle attitude.

— Je t'aime, confirma-t-elle en se tournant vers lui.

Son beau visage était rose, ses lèvres étaient gonflées.

— Quand tu m'as demandé pourquoi je t'aidais, je ne t'ai avoué qu'une partie de la vérité.

Il aurait voulu lui demander l'autre partie mais il ne pouvait pas parler. Sa gorge était trop serrée. Sa mâchoire était bloquée, et sa langue lui faisait l'effet d'un poids mort dans sa bouche. Charlotte avait fait de lui tout ce qu'il ne voulait pas être, un homme qui écoutait son corps plutôt que sa tête, un homme qui avait consommé son mariage contre un mur.

Et elle l'aimait ? Elle aimait cette faiblesse ?

Elle mentait, forcément.

— L'autre moitié de la vérité, c'est que je t'aime, reprit-elle. Je ne ressens pas de gratitude envers toi mais de l'amour, et cela ne changera jamais. Je t'aimerai toujours et je pense qu'une partie de toi m'aimera toujours parce que ce mariage…

— Ce mariage n'est qu'un mariage de raison, de devoir.

— Je pensais que tu avais déjà tout en toi pour faire un bon roi. C'est toi que la foule a acclamé, pas moi. Ce mariage, tu l'as exigé, parce que quelque part en toi tu reconnais en moi la fille que j'étais et la femme qui voit le garçon que tu étais.

Elle se trompait. Sa version de l'histoire n'était fondée que sur des illusions. Il n'aimait pas Charlotte, il ne pouvait pas l'aimer.

— Ce garçon ne mérite pas l'amour.

Et lui, l'homme qu'il était devenu, ne le méritait pas non plus.

— Pourquoi pas ?

Il la vit frissonner, et son instinct lui ordonna de la serrer contre lui pour la réchauffer, mais il se retint.

— Tout le monde mérite l'amour, Akeem.

— Non, pas lui. Pas Akeem Ali, et pas le roi. Ils sont trop différents…

— Sous leur masque, ils désirent tous les deux la même chose, un sentiment d'appartenance, une famille.

Il se baissa pour ramasser son voile et lui tendit.

— Tu vas avoir froid.

— Je préfère geler plutôt que de ne jamais entendre ta vérité.

— Il n'y a pas de vérité, *qalbi*. Il n'y a que des faits.

— Alors, dis-moi les faits.

— L'amour ne suffit jamais, ma mère l'a appris à ses dépens. L'amour ne met pas de nourriture sur la table. L'amour ne permet pas d'acheter des chaussures pour des pieds en pleine croissance. L'amour ne paye pas l'essence pour la voiture. Mon amour pour ma mère n'a pas pu la sauver.

— Elle est morte dans un accident de voiture. L'amour n'avait rien à voir dans…

— J'ai tué ma mère, la coupa-t-il d'une voix glaciale. Le petit garçon que tu es si déterminée à ramener à la vie l'a tuée.

— Tu avais cinq ans !

— C'est à cause de moi qu'elle est morte, mon père n'a pas manqué de me le rappeler. Chaque fois que je remettais en question ses choix, il me rappelait les circonstances de ma conception. Il disait qu'aucune famille ne voulait de moi, pas même la mienne, parce que je n'étais qu'une bête sauvage. Je mangeais quand j'avais faim, je pleurais quand j'étais triste, je criais quand j'étais en colère…

— Ton père t'a traité de bête sauvage ?

— Oui, et il avait raison.

— Non, il avait tort et il t'a fait beaucoup de mal.

— Mon père voulait son héritier sur le trône, mais il ne voulait pas de son fils. Il ne voulait pas l'Akeem enragé que j'étais quand je suis arrivé ici. Il a dû me battre pour détruire le garçon que j'étais.

Abasourdie, elle mit une main sur sa bouche pour réprimer un cri.

— Il t'a frappé ?

— Pas lui, ses hommes.

La honte le poussait à se taire mais il en avait déjà trop dit. De toute façon, peu importait. Il était grand aujourd'hui, il était fort, ils ne lui feraient plus de mal.

Il la dévisagea et plongea dans ses immenses prunelles couleur émeraude. Elle non plus ne pourrait plus lui faire de mal. Personne ne lui ferait plus de mal, il ne le permettrait pas.

— J'ai montré à mon père qui j'étais quand je suis arrivé. J'ai exigé de savoir pourquoi il avait laissé mourir ma mère. En réponse, il m'a fait déshabiller et des hommes grands et forts ont battu l'adolescent en colère que j'étais. Sous ses yeux.

Depuis, il avait toujours contrôlé sa colère, il avait toujours maîtrisé ses impulsions. Du moins jusqu'à ce qu'il vienne la retrouver à Londres et qu'il perde la tête.

Sous le choc, elle essuya les larmes qui commençaient à couler. Même si son émotion le touchait, il refoula son envie de la consoler.

— Je remercie mon père de m'avoir fait battre. Cet épisode m'a permis de devenir un prince. Il m'a appris à me contrôler, à étouffer mes sentiments et…

— Pourquoi n'es-tu pas parti ?

— Et, toi, pourquoi n'es-tu pas partie ?

— Par devoir, répondit-elle en secouant la tête pour en revenir à lui. Ton père était un homme méchant. Tu n'as pas trahi ta mère en restant en vie. Tu ne l'as pas tuée, c'est ridicule.

— Si, je suis responsable. Si elle ne m'avait pas gardé, elle n'aurait pas quitté Taliedaa et elle serait encore en vie. Elle est morte pour qu'Akeem Ali puisse vivre. Si j'avais refusé la proposition de mon père, j'aurais déshonoré ma mère et son peuple.

— Ton père…

Elle s'avança vers lui, les bras tendus.

— Ne me touche pas !

Il refusait de sentir ses mains sur lui. Hors de question de percevoir sa douceur ou sa gentillesse.

— Ton père t'a menti. Il était égoïste, il ne te méritait pas, Akeem Ali.

— Je ne suis plus Akeem Ali. Je suis le roi que mon père m'a appris à être, avec le nouveau nom qu'il m'a donné. Je ne suis plus cet homme ordinaire qui écoute ses instincts les plus vils.

— Tu n'as rien d'un homme ordinaire qui écoute ses plus bas instincts. Si tu te contentais de réagir sans réfléchir tu n'aurais jamais survécu à l'orphelinat et aux familles d'accueil, tu aurais été brisé. Pourtant, tu as résisté, tu n'as pas plié.

Elle avait tort. Il avait plié. Il s'était plié à la volonté de son père.

— Ma mère aurait dû mourir à la maison, dans son pays, dans ce désert qu'elle aimait tant. C'est à cause de moi qu'elle n'a pas pu.

— À t'écouter nous avons, tous les deux, tué nos parents.

— Tu dis n'importe quoi. Ton père s'est tué tout seul.

— On pourrait remonter jusqu'à ma naissance, qui a poussé ma mère à boire encore plus…

— Stop !

— Ou on pourrait revenir quelques semaines en arrière, quand j'ai fait des heures supplémentaires et que je ne suis pas rentrée à la maison. J'ai laissé mon père seul, et il est mort.

— Tu n'es pas responsable de sa mort.

— Et toi, tu n'es pas responsable de la mort de ta mère ! Ce n'était pas à toi de la protéger, tu n'étais qu'un enfant. Tu es leur enfant et, en même temps, tu es un homme qui a peur de l'accepter.

— Je n'ai peur de rien, se défendit-il.

S'il avait peur d'une chose, c'était de son amour, de sa capacité à voir sous son armure et à lui faire remettre en question son mode de survie.

— Mon histoire n'a pas d'importance.

— Je ne suis pas d'accord. Tu es le fils d'un roi mais tu es aussi un homme, un homme bon. Tu étais un garçon bon et…

— Ce garçon était faible.

— Non. Ce garçon était gentil. Tu l'es encore. Quand tu as appris que j'étais seule, tu as fait le voyage jusqu'à Londres pour venir me chercher. Tu as mis de côté ton devoir, tu as tout laissé tomber pour moi.

Elle avança, prit sa main, et il la laissa faire.

— Voilà l'homme que j'aime, et je me fiche de son nom. C'est lui que…

— Ne prononce pas le mot.

— C'est lui que j'aime, répéta-t-elle néanmoins.

Il ferma les yeux, refusant que ses mots pénètrent sa peau, il ne le permettrait pas. Il ne redeviendrait pas l'homme qu'il avait été dans son atelier, cet homme qui avait rugi de désir avant de la prendre comme une bête sauvage, contre le mur.

Ne lui restait alors plus qu'une solution, la laisser partir.

— Tu penserais différemment si tu savais pourquoi je suis venu à Londres.

— Tu es venu pour moi, pour tourner la page.

— Je suis bien venu pour toi, admit-il, mais pas pour tourner la page. Je suis venu pour me venger.

Il laissa le mot s'installer en elle, la pénétrer, jusqu'à ce qu'il sente le tremblement de ses doigts dans sa paume.

— Depuis que tu es arrivée ici, Charlotte, tu m'as poussée à affronter le passé, à faire face à ce qu'il signifie pour moi. Or je suis passée à autre chose, depuis longtemps. C'est pour cette raison que je voulais te jeter à la figure ta vie misérable. Je voulais t'écraser sous le poids de mon pouvoir.

— Ce comportement ne te correspond pas.

— Tu te trompes.

Aujourd'hui, il savait ce qu'il devait faire pour devenir le roi dont son peuple avait besoin, un homme qui résisterait à toutes les tentations.

— Es-tu suffisamment écrasée, *qalbi* ?

— Non.

Sa réponse était à peine audible.

L'homme qu'il était devenu au cours des neuf dernières années la fixa. Pas la fille qu'elle était, pas la reine qu'il avait fait d'elle, mais la femme en robe de mariée, la femme déterminée à le changer.

— Tu ne seras pas libre tant que tu n'auras pas affronté ce qui te fait mal, Akeem, et je veux être là quand tu le feras. Mais si tu ne peux pas tendre la main et prendre ce qui est devant toi, c'est-à-dire moi, alors je m'en irai.

Il ne tendit pas la main. Il ne pouvait pas.

Il ne pouvait pas être avec elle alors qu'elle remettait en question les fondations mêmes de ce qu'il était. Elle regardait sa couronne avec dédain. Ses richesses et son pouvoir ne signifiaient rien pour elle. Elle n'était intéressée que par le passé. Elle ne voulait pas de l'homme qu'il était devenu.

— Tu peux y aller, je ne t'arrêterai pas. Je ne suis pas l'homme que tu recherches. Je ne le serai jamais.

Pour toute réponse, elle lui tourna le dos, ouvrit la porte puis s'éloigna.

Elle fuyait, comme ils l'avaient tous fait, parce que personne ne voulait d'un Akeem enragé, d'un Akeem brisé.

Charlotte se précipita dans sa chambre et s'appuya contre la porte avant d'inspirer profondément.

Akeem ne voulait pas de leur passé. Il ne voulait pas d'elle, pas de la femme qu'elle était maintenant, pas de la femme qu'elle avait décidé d'être.

Elle ne pouvait pas rester ici. Hors de question de faire partie d'une relation à sens unique. Celle qu'elle avait eu avec son père l'avait été. Elle ne recommencerait pas la même erreur. Elle n'accepterait pas d'être traitée comme si elle ne méritait pas le respect, ou l'amour.

— Charlotte ! s'exclama Selma avant de se précipiter vers elle. Que s'est-il passé ? Vous tremblez.

Oui, elle tremblait, pas parce qu'elle avait froid mais parce qu'Akeem l'avait rejetée. Elle l'avait poussé dans ses derniers retranchements, trop fort, trop vite, et il l'avait rejetée.

— Laissez-moi vous aider à vous changer.

S'appuyant sur son épaule, elle laissa Selma la conduire jusqu'à la salle de bains. Heureusement que la jeune femme la soutenait, elle vacillait.

Mais c'était l'ancienne Charlotte qui faiblissait. La nouvelle Charlotte partirait la tête haute, même si elle souffrait. Malgré toutes ses paroles cruelles, Akeem lui avait redonné de l'espoir, et elle était déterminée à poursuivre ses rêves, avec ou sans lui.

— J'ai besoin de votre aide, Selma.

— Bien sûr.

Elle rassembla ses forces pour se donner du courage.

— Je voudrais que vous m'aidiez à quitter le palais.

11.

Il était le roi alors, évidemment, il savait où était son épouse. Un garde du corps lui avait annoncé son départ du palais. Pour des raisons de sécurité évidentes, ce dernier l'avait ensuite suivie et lui avait confirmé qu'elle était en sécurité avec Selma.

S'il n'était pas allé la rechercher, c'était parce qu'il avait eu raison de la repousser. Il avait également eu raison de lui dire qu'il ne pouvait pas l'aimer. Comment pourrait-il l'aimer alors qu'il ne s'aimait pas lui-même ?

— Laissez-moi, cria-t-il en entendant frapper à la porte.

Depuis six jours, son directeur de cabinet passait trois fois par jour. Aujourd'hui était le septième jour, le jour où il allait officiellement monter sur le trône, sans sa reine.

— Votre altesse…

— Laissez-moi !

— Vous devez vous préparer.

— Je suis prêt, répondit-il, sans prêter attention au plateau de victuailles que son assistant venait de poser sur la table basse après avoir retiré le plateau de la veille, intact.

Bien sûr qu'il était prêt, cela faisait neuf mois qu'il se préparait à ce moment. Il allait prononcer quelques formules rituelles, s'inclinerait puis serait couronné, ce n'était pas bien compliqué.

En plus, ne gouvernait-il pas déjà depuis longtemps ? Ne dirigeait-il pas le pays quand son père était trop occupé par sa dernière conquête ? N'avait-il pas montré à son peuple qu'il était digne d'être son souverain ? N'avait-il pas, pour devenir le roi dont le peuple avait besoin, montré que le passé n'avait pas sa place dans son nouveau monde ? Lui, l'orphelin héritier qui avait été abandonné, ne pouvait pas être roi s'il conservait des liens avec son passé.

Par la fenêtre, il fixa l'horizon puis étudia la ville, sa ville, mais, peu à peu, des images d'une vie qu'il avait essayé d'oublier revinrent à sa mémoire.

Elles étaient tellement nombreuses… Lui, dans le jardin de l'orphelinat, sous le chêne. Lui, endormi dans un petit lit simple. Charlotte lui faisant signe depuis la fenêtre de sa chambre, à Londres. Et, f inalement, Charlotte lovée contre lui dans la grotte, dans son oasis secrète.

Une nouvelle image apparut soudain devant ses yeux. Un double portrait avec, côte à côte, un jeune garçon et un futur roi.

Il avait échangé une vie contre une autre mais, en fait, aucune de ces vies, ni celle du jeune garçon, ni celle du roi, n'était véritablement la sienne. Il avait été une marionnette des services sociaux jusqu'à son dix-huitième anniversaire, puis il avait été la marionnette de son père, se transformant en un homme nouveau pour pouvoir perpétuer un héritage.

— La cérémonie commence dans deux heures.

— Partez, s'il vous plaît.

Résigné, son directeur de cabinet sortit, sans un mot.

Il n'avait pas été aimable avec celui-ci et, pourtant, il ne s'en voulait pas, la gentillesse était la cause de ses tourments. C'était d'ailleurs à cause de sa bonté que Charlotte était partie.

Charlotte… Sa reine… Sa femme…

Non, le problème n'était pas sa gentillesse, c'était lui.

Il baissa les yeux vers le papier jauni qu'il tenait entre ses mains.

Un peu plus tôt, il avait retrouvé dans une vieille valise le portrait que Charlotte avait fait de lui, à l'orphelinat.

La valise était éraflée, à force d'avoir été traînée d'institution en institution. Il ne l'avait pas ouverte depuis son arrivée ici. Il ne l'avait pas ouverte non plus dans les familles d'accueil, il savait que leurs grands sourires et leurs bras ouverts ne signifiaient rien. Ces bras ne se tendaient pas vers lui, ils attendaient juste le chèque des services sociaux.

Il serra les poings en sentant l'émotion l'envahir.

Ce portrait était le premier que Charlotte avait fait de lui. Elle le lui avait offert en guise de remerciement.

Il l'avait abandonnée et l'avait renvoyée dans son ancien monde parce qu'il était un salaud. Son père avait été cruel et égoïste. Celui de Charlotte avait été un ivrogne méchant. Lui, il était pire. Il était un monstre.

Bon sang, qu'as-tu fait ?

Il étala le papier à plat sur le sol, essayant de lisser les plis que ses mains destructrices venaient de former. En vain. Il floutait surtout les lignes, effaçant même le visage du garçon qu'elle avait dessiné.

Las, il soupira. Il détruisait tout, tout ce qui était beau.

N'était-ce pas sa faute s'il n'avait jamais trouvé aucune famille d'accueil qui veuille le garder ? Il n'avait jamais donné à personne la chance de le désirer.

Il n'avait jamais donné à Charlotte une chance de l'aimer.

C'était aussi ta faute, il y a neuf ans.

La voix avait raison. Il était l'unique responsable.

Il avait cru des mensonges qui, aujourd'hui, lui semblaient ridicules. Il n'avait pas été dupé, il avait volontairement cru à ces mensonges parce qu'il avait peur, peur d'elle, de sa présence, de sa bonté.

Peur de son amour.

Il jeta un nouveau coup d'œil sur le dessin, et le visage de Charlotte apparut devant ses yeux.

Il la voyait partout, dans l'atelier, dans les portraits qui en tapissaient les murs, sur le canapé où s'étalait son châle, dans les tubes de peinture ouverts, dans les pinceaux qui séchaient.

Il inspira profondément et se redressa. Tout à coup, tout s'éclairait en lui. Soudain, il voyait tout. Tout ce qu'elle avait essayé de lui montrer. Il était les deux hommes à la fois. Il était un petit garçon dans le corps d'un roi.

Malheureusement, son lien avec Charlotte était cassé,

aujourd'hui. Elle était partie parce qu'il l'avait repoussée. Il avait refusé ses encouragements à être lui-même.

Il l'aimait.

Il se leva d'un bond.

Plutôt que de la ramener au palais, de lui demander de l'écouter et de lui pardonner, il devait lui montrer. Il devait leur montrer à tous qui il était.

Viendrait-elle assister à son couronnement ? Il n'en avait pas la moindre idée mais il n'avait pas le choix, il devait agir. Pas seulement pour elle, mais pour lui-même. Son père n'avait jamais écouté son peuple. Lui l'entendrait. Il était à la fois un garçon au passé difficile et le fils d'un roi, et tous les deux étaient dignes d'intérêt.

Ils étaient tous deux dignes de plus.

Ignorant la douleur qui lui tordait les tripes, il traversa les longs couloirs sinueux ornés de portraits d'ancêtres dont il n'avait que faire et sortit enfin. Il traversa la cour mais ne s'arrêta pas. Le visage fermé, il continua jusqu'aux jardins du palais.

En chemin, il se débarrassa du personnel qui cherchait à l'entraîner vers le balcon. Il n'irait pas. Il ne regarderait la foule de haut. Sa décision était prise, il se tiendrait parmi elle, au milieu de son peuple. Il lui raconterait son histoire. Il lui donnerait le choix que son père ne lui avait jamais donné.

— Je suis venu devant vous il y a neuf ans, sans rien…

Sitôt qu'il commença à parler, les invités qui l'entouraient reculèrent, formant un cercle autour de lui.

— Vos coutumes m'étaient étrangères, poursuivit-il d'une voix froide.

Ses gardes du corps se glissèrent discrètement dans la foule, élargissant un peu le cercle. Parfait, eux aussi avaient besoin de l'entendre.

— J'étais étranger aux luttes de pouvoir au sein du royaume de Taliedaa mais j'ai connu les difficultés ou la faim, faim de nourriture, de chaleur, de stabilité. Quand je suis arrivé ici et que je vous ai demandé de m'accepter, vous l'avez fait parce que mon père vous l'avait ordonné. Ce jour-là, j'ai cru que j'avais laissé derrière moi le petit garçon que j'étais autrefois mais ma femme, votre reine, m'a rappelé que les peines que j'ai vécu enfant sont universelles et ne s'oublient jamais.

Au souvenir de sa mère, une douleur vive lui transperça le cœur.

— Ma mère était une jeune maman dans un pays étranger, obligée de travailler du matin au soir pour subvenir à mes besoins. Elle m'a enveloppé de tendresse pendant mes premières années et, grâce à elle, j'ai connu l'amour. Elle était l'une d'entre vous, elle est née ici, elle a été élevée ici. Puis elle a fait une erreur, elle est tombée amoureuse du roi et elle est tombée enceinte de moi. À cause de moi, ma mère a été obligée de tout quitter. Alors aujourd'hui, je vous pose la question, qui n'agirait pas de la même façon, par amour ? N'abandonneriez-vous pas tout ce que vous avez connu pour élever votre enfant ? Ma mère l'a fait. Ma mère, Yamina Ali, a fait de moi un homme digne d'être un roi.

Il s'interrompit. Son cœur battait à tout rompre dans sa poitrine.

— Ma femme, Charlotte Hegarty, a laissé sa vie derrière elle pour s'installer ici, par amour pour votre prince héritier.

Il reconnaissait désormais son amour dans chaque mot qu'elle avait prononcé. Elle lui avait montré qu'il devait embrasser son passé. Ses bons côtés comme ses mauvais.

Plus que tout, il avait besoin d'elle.

— La reine comprend les efforts, poursuivit-il. Elle comprend aussi les difficultés. Elle a tenu sa promesse envers vous. Elle a offert réconfort et soutien à votre prince héritier. Elle m'a rappelé pourquoi je peux être le roi dont vous avez besoin et, contrairement à mon père qui vous a ignorés, je ne vous oublierai pas. Akeem Ali, le fils de Yamina Ali et du défunt roi Saleem Abd al-Uzza se tient ici aujourd'hui aux côtés de votre prince héritier. Je suis ces deux hommes à la fois.

Voilà, il avait tout dit, sans honte, et il se sentait plus léger désormais. Il se sentait plus fort qu'il ne l'avait jamais été. Il avait juste besoin d'entendre la réponse de son peuple.

— Voulez-vous que je sois votre chef, moi, cet homme à demi-ordinaire et à demi-roi ? C'est votre choix, peuple de Taliedaa. Je refuse d'être le même dirigeant que mon père alors dites-moi, un roi ayant chaque pied dans un monde différent est-il suffisant pour vous ? L'acceptez-vous pour diriger le pays ?

Pour toute réponse, la foule applaudit.

Voilà, le peuple avait choisi. Il était son roi.

Soudain, il la vit, pas son visage mais son regard. Un foulard noir couvrait ses cheveux et son visage mais il la reconnaissait. C'était bien elle, Charlotte.

Sans attendre, il avança dans sa direction, la foule s'écartant devant lui.

Lorsqu'il s'arrêta devant elle, il demeura immobile, silencieux, anxieux. Que pouvait-il dire ? Il n'avait plus de mots. Alors il s'agenouilla et lui prêta allégeance. Il jura fidélité à la seule femme qui s'était suffisamment souciée de lui pour le voir, vraiment le voir, lui, Akeem Ali Abd al-Uzza.

Sans réfléchir, elle s'agenouilla devant lui.

— Le nouveau roi, lança-t-elle d'une voix ferme malgré sa timidité. Akeem Ali Abd al-Uzza héritier légitime du trône de Taliedaa.

Sa main dans la sienne, ils se relevèrent, et la foule les acclama.

Après leur dispute, elle avait songé à quitter Taliedaa, mais elle n'avait pas pu partir. Chaque pas qui l'éloignait du palais, et de lui, avait été une torture. Elle n'avait pas pu supporter l'idée qu'une autre décennie puisse passer avant qu'elle ne le revoie. Alors elle était restée, cachée auprès de Selma.

Elle n'avait pas prévu de le voir aujourd'hui, elle ne voulait pas qu'il pense qu'elle était venue par devoir, juste pour tenir la main du prince héritier. Le souverain n'avait pas besoin qu'elle lui tienne la main, il serait le roi avec ou sans elle. Elle était ici pour Akeem, pour lui offrir son soutien.

Elle le dévisagea. Son costume noir épousait chaque centimètre de son corps de dieu grec. Au milieu de cette foule, au milieu de ce décor luxueux, il avait tout d'un roi. Il n'était cependant pas là en raison de son hérédité mais à cause de lui, de lui seul.

Il était le seul homme qu'elle ait jamais aimé et qu'elle aimerait jamais. Elle aimait le jeune garçon et le roi, les deux visages du même homme.

— Je suis fière de toi, lui murmura-t-elle à l'oreille.

Elle avait des raisons de l'être, il avait enfin accepté qui il était.

Son regard noir se riva au sien, et elle plongea dans la profondeur de ses prunelles envoûtantes. Voulait-il d'elle dans son cœur ?

Pour toute réponse, il l'entraîna à l'intérieur.

La peur lui noua aussitôt la gorge. Allait-il lui dire adieu ? Si c'était le cas, elle ne pleurerait pas.

Les portes se refermèrent derrière eux, et elle prit une profonde inspiration pour se donner du courage.

— Je suis désolé.

Sous le choc, elle ferma les yeux.

Il était désolé ? Elle s'attendait au contraire à ce qu'il la tienne responsable de tous les derniers événements. Après tout, n'était-elle pas toujours fautive ?

Rassemblant ses forces, elle rouvrit les yeux.

— Dis-le encore.

Cette fois-ci, il n'hésita pas. Il se mit même à genoux.

— Je suis désolé, Charlotte. Je suis désolé de t'avoir blessée. Je suis désolé d'avoir été trop stupide pour ne pas voir que ces moments dans la grotte, dans le palais et dans mon lit étaient les seuls moments où je révélais ma véritable personnalité à quelqu'un. Toi seule as vu en moi, même quand je ne le voulais pas. Je ne pouvais pas te dire mon nom parce que derrière le luxe et le pouvoir, je n'étais personne. Je n'étais qu'une coquille vide. J'avais échangé une vie contre une autre sans en revendiquer aucune. Ni la vie du jeune garçon ni celle du roi ne m'appartenaient. Alors merci, Charlotte, merci de m'avoir libéré.

Elle mourait d'envie de sauter dans ses bras, de lui dire qu'elle était ici, avec lui, et qu'elle n'irait nulle part, mais elle se retint. Elle hésitait à se réjouir.

Il ne l'avait peut-être pas abandonnée exprès neuf ans plus tôt, mais il l'avait abandonnée le soir de leur mariage alors la quitterait-il à nouveau ?

— Que vas-tu faire de ta liberté retrouvée ? lui demanda-t-elle plutôt. Que vas-tu faire de moi ?

Avait-il envie d'elle ? Avait-il besoin d'elle comme elle avait besoin de lui ? En tant qu'amante ? Amie ? Épouse ?

— Je veux t'aimer de toutes mes forces.

Son regard se fit plus perçant, et sa gorge se serra. Cette nuit-là, il l'avait aimée férocement avec son corps, mais il l'avait abandonnée avec son esprit.

— Je vais t'aimer si fort, continua-t-il, que tu auras le souffle coupé par mon amour.

— Je ne parlais pas de sexe.

— Moi non plus.

Il déglutit, scrutant son visage comme elle scrutait le sien.

— Je pensais que mes richesses et mon pouvoir te feraient me désirer mais j'avais tort. Tout cela n'a pas d'importance pour toi.

Il s'interrompit et esquissa un sourire.

— Dans la grotte, tu m'as demandé si je méritais plus.

— C'est le cas ?

— Oui. L'homme devant toi mérite l'amour, il est digne du bonheur qu'il trouve entre tes bras.

Il leva une main pour l'empêcher de parler. Il n'avait pas terminé.

— Nous sommes tous les deux dignes d'être heureux, Charlotte. Nous méritons l'amour.

— L'amour… répéta-t-elle, rêveuse.

— Toute la semaine, j'ai rêvé de venir te chercher dans la maison de Selma et de t'entraîner dans mon lit. Jusqu'à présent, le sexe a été notre manière de communiquer. Je voulais te garder entre mes bras le temps que tu me pardonnes. Au lieu de cela, je suis resté enfermé dans ton atelier, assis par terre, à admirer tes dessins.

Il laissa échapper un long soupir.

— Tu es la seule à m'avoir percé à jour, et je veux être l'homme que tu vois. Je ne peux pas t'obliger à me pardonner, mais je peux te promettre de t'aimer et de te le prouver, jour après jour, par mes mots et mes actes. Je suis désolé de t'avoir obligée à mettre sous clé tes sentiments.

— Pour être honnête, je n'ai jamais vraiment étouffé mes sentiments, avoua-t-elle le cœur soudain si léger qu'elle avait l'impression qu'il allait s'envoler.

— Je veux ouvrir le coffre dans lequel j'avais caché les miens et je veux qu'ensuite, ensemble, nous remplissions un nouveau coffre avec notre amour. J'ai essayé de nier ces sentiments mais ils n'ont jamais disparu. Au contraire, ils ont continué à grandir, ils se sont transformés en un besoin dévorant d'être avec toi. Je ne veux plus garder sous clé ces sentiments, je veux les utiliser pour nous pousser mutuellement à être meilleurs, à être plus forts. Tu es ma force, Charlotte, tu fais de moi un homme meilleur.

Émue, elle se précipita vers lui et se lova entre ses bras. Puis elle remonta tant bien que mal sa manche, retira sa montre, et tenta de l'accrocher autour de son poignet.

— Ta maman est ici avec toi.

— Je le sais, répondit-il dans un murmure.

— Ton père aussi, il veille sur son peuple. Et mon père… Il est là également.

Elle attrapa sa main et la posa sur sa poitrine.

— Ton père avait deux visages, il y avait l'homme qui t'avait abandonné, et il y avait le roi. Ton père, le roi, a façonné chaque phrase que tu as prononcée aujourd'hui.

— Comment le sais-tu ?

— Mon père avait aussi deux côtés. Le visage qu'il présentait aux services sociaux, pour pouvoir me ramener à la maison, et le visage qu'il me montrait. Peut-être estimait-il de son devoir de m'enfermer à la maison. Ton père était cruel, mais il est tout de même venu te chercher et il a fait de toi un roi. Je le déteste pour la façon dont il t'a traité, mais il reste ton père.

— Je vois que tu es toujours aussi déterminée à comparer nos vies !

— Je peux voir ton chemin aussi clairement que je peux voir le mien. Ton père a fait de toi un roi, et ta mère t'a rendu empathique et passionné.

— Quant à ton père, il t'a rendue forte.

— Malgré tous ses défauts, je suis sa fille. Et je l'aimais.

— Je ne peux pas dire que j'aimais mon père, mais j'aimais ma mère. Je l'aimais même tellement…

— Qu'il était plus facile pour toi de culpabiliser que de te laisser aller au chagrin.

— En effet, et je viens seulement de le comprendre.

— L'amour n'est pas l'ennemi. La vie peut être dure parfois et, à d'autres moments, elle peut être magique, aussi brillante que tes prunelles dans le noir.

— Je veux être ta lumière dans l'obscurité, *qalbi*. Je veux être ton oasis quand tout autour de toi n'est que désert.

Ses mains se nouèrent autour de son cou, et elle joua avec les petits cheveux descendant dans sa nuque.

— Tu as peur ? lui demanda-t-elle soudain.

— Oui.

— C'est normal d'avoir peur quand tout change. C'est comme une douleur de croissance.

— Tu la ressens aussi ?

— Oui, répondit-elle avec un petit sourire. Malgré tout, je veux grandir avec toi. Et t'aimer.

— En tout cas, je n'ai plus peur ni de mes sentiments, ni de ce que nous sommes.

— Que sommes-nous ?

— Mari et femme.

— Roi et reine ?

— Nous sommes nous et plus encore. Nous formons une famille.

Il la serra dans ses bras.

— Une famille, répéta-t-elle, rêveuse, avant de laisser couler ses larmes.

— *Qalbi*…

Il posa ses grandes mains solides sur ses hanches et l'attira vers lui.

— Je t'aime, mon cœur.

Il inclina son visage pour plonger dans ses yeux et il se vit dans ses prunelles, l'homme et le roi, les deux à la fois.

— Appelle-moi par mon nom, mon amour, lui demanda-t-il dans un cri du cœur. Dis-moi que je suis à toi.

— Akeem, tu es le garçon de mes rêves, l'homme de mon cœur, mon mari, mon roi, mon tout.

Il l'embrassa, et elle l'embrassa en retour, lui promettant l'éternité.

Retrouvez prochainement,
dans votre collection

AZUR

Les mariés de Dubaï, de Louise Fuller - N°4609

Délaissée par Omar al-Majid, l'homme qu'elle a épousé trop vite, Delphi se résout à le quitter. Son mari ne vit que pour son travail – son empire ! – or elle finira le cœur brisé si elle prolonge leur mariage. À sa grande surprise, pourtant, Omar vient la retrouver pour exiger qu'elle rentre avec lui à Dubaï. Troublée par l'intérêt qu'il lui porte soudain, Delphi accepte de le suivre, non pas pour succomber de nouveau à son charme mais plutôt pour lui prouver que leur union n'est qu'un mirage…

La vengeance de Vidal Suarez, d'Abby Green - N°4610

Enfin ! Vidal Suarez tient sa vengeance ! Voilà des années qu'il attend le moment où il pourra se confronter aux Flores, ces odieux aristocrates qui ont brisé son père et fait de sa propre enfance un enfer. Parce que Eva, leur héritière, cherche désespérément à vendre le *castillo* familial, il a l'occasion de lui imposer sa volonté en lui rachetant son domaine. Bientôt, la belle Espagnole qui ne voyait en lui qu'un méprisable jardinier goûtera à la toute-puissance du milliardaire qu'il est devenu…

Le vœu d'un cheikh, d'Annie West - N°4611

Rosanna n'a pas l'habitude d'embrasser de parfaits inconnus… Raison pour laquelle elle ne parvient pas à oublier l'homme qui, l'espace d'un instant, lui a fait perdre la raison. Dans les bras de Salim, elle s'est sentie plus vivante que jamais, vibrante de désir – avant qu'il disparaisse dans la nuit. Or voilà qu'il se présente bientôt dans son agence matrimoniale. L'homme qui hante ses pensées n'est autre que le cheikh de Dhalkur et il attend de Rosanna qu'elle lui trouve une épouse !

La maîtresse d'un patron, de Cathy Williams - N°4612

Secrétaire consciencieuse, Grace n'a ni le temps ni le droit de fantasmer sur son patron, Nico Doukas, même s'il est l'homme le plus attirant de la Terre ! Pourtant, à la faveur d'un séjour en Grèce, leur relation professionnelle vire brutalement en liaison torride… Bouleversée par les sensations qui l'assaillent, Grace l'est davantage encore de se découvrir *amoureuse* de Nico. Saura-t-elle reprendre la place qui est la sienne quand tous deux seront de retour au bureau et oublier cet interlude délicieux au côté de celui qui fait battre son cœur ?

Entre devoir et passion,
de Julieanne Howells - N°4613

Le prince Léopold von Frohburg n'est pas du genre à s'embarrasser de sentiments. Depuis toujours, c'est le devoir qui régente sa vie. Aussi est-il fort contrarié que sa promise, la princesse Violetta, ait osé lui faire faux bond le jour de leurs noces, sous prétexte qu'ils ne s'aimeront jamais. Pas question de laisser la jeune femme saboter la réunification de leurs deux pays. Quand il l'aura retrouvée, Léo exigera de Violetta qu'elle l'épouse et assume ses responsabilités en lui donnant un héritier !

Amoureuse du milliardaire,
de Rachael Stewart - N°4614

Bree a abandonné son existence citadine pour soigner son cœur brisé dans un petit village. Alors qu'elle se croit à l'abri de toute romance, voilà que débarque dans sa pâtisserie Theo Dubois, un milliardaire bien connu de la région dont il est originaire. À peine croise-t-elle son regard qu'elle voit tous ses sens bouleversés, comme si elle revenait à la vie. Une émotion qui ne fait que grandir le jour où Theo lui propose de l'accompagner à Paris…

La beauté des mers, de Chantelle Shaw - N°4615

Alors que son navire sombre dans une mer déchaînée, le prince Eirik croit sa dernière heure arrivée. Mais une jeune femme aux airs de sirène le sauve des eaux pour le conduire jusqu'au rivage… avant de disparaître. Incapable de l'oublier, il se met à sa recherche. Sitôt qu'il retrouve Arielle, Eirik lui propose de l'accompagner au Fjernland, son royaume, où il prendra soin d'elle. Ce qu'il ignore encore, c'est que la belle a un secret qui pourrait bien, s'il était révélé, les entraîner tous deux dans un retentissant scandale…

Tentée de le séduire, d'Emmy Grayson - N°4616

SÉRIE : *LES FRÈRES CABRERA* - 1/3

Everleigh se consacre corps et âme au vignoble familial. Aussi est-elle furieuse d'apprendre que son père compte le vendre à Adrian Cabrera. Résolue à affronter cet homme d'affaires sans scrupule pour protéger son héritage, elle provoque une rencontre avec lui lors d'une luxueuse réception. Mais face à Adrian, Everleigh, d'habitude si combative, se sent brusquement vulnérable, tandis qu'elle est gagnée par une passion dévorante pour son ennemi. Au point d'être tentée de le séduire ?

Minuit à Venise, de Clare Connelly - N°4617

SÉRIE : *RELATIONS PRIVÉES* - 2/3

Lorsque Ares Lykaios lui a demandé d'être sa cavalière le temps d'un bal, Bea aurait dû refuser, ne serait-ce que pour remettre à sa place l'arrogant magnat grec. Mais comment aurait-elle pu s'opposer à cet homme qui, en plus d'être outrageusement séduisant, est aussi le plus gros client de son agence de relations publiques ? Maintenant qu'elle danse avec lui, sous les lustres d'une soirée enivrante, Bea sent ses défenses se briser en même temps qu'elle succombe au plaisir d'un baiser inattendu. Une passion nouvelle qu'Ares lui propose d'explorer en l'accompagnant à Venise…

Un désir royal, de Jennifer Faye - N°4618

Indigo déteste la famille royale de Rydiania, qui autrefois a froidement chassé ses fidèles et loyaux sujets au nom de la Couronne. Bannie du royaume alors qu'elle n'était qu'une enfant, elle a connu l'exil et la peur. Aujourd'hui qu'elle doit peindre le portrait officiel du prince Istvan, elle a toutes les peines du monde à lui cacher la haine qu'elle lui voue. Hélas, chaque coup de pinceau lui révèle d'autres émotions à l'égard de l'héritier honni. Cet homme qu'elle devrait mépriser pour ce qu'il incarne est l'objet de tous ses désirs…

Liaison en Grèce, de Bella Frances - N°4619

Coral n'en croit pas sa chance ! Non seulement elle vient d'être embauchée comme photographe pour un célèbre magazine, mais elle va faire son premier reportage sur Hydros, une fabuleuse île grecque. Sur place, alors qu'elle s'émerveille de la splendeur des lieux, elle rencontre Raffaele Rossini, son patron. Doté d'une aura sensuelle, celui-ci la trouble immédiatement. Or, si Coral s'efforce de rester professionnelle, l'attirance qu'elle ressent pour Raffaele devient vite incontrôlable, quand celui-ci projette de la mettre dans son lit…